KB148029

함께 걷는 육아, 함께 하는 스피치

몰입 육아 달인의
육아 처방전

몰입 육아 달인의 육아 처방전

초판인쇄	2017년 12월 15일
초판발행	2017년 12월 20일

지은이	최지은
발행인	조현수
펴낸곳	도서출판 프로방스
마케팅	최관호 조원호 신성웅
표지&편집 디자인	오종국 Design CREO

ADD	경기도 고양시 일산동구 백석2동 1301-2
	넥스빌오피스텔 704호
전화	031-925-5366~7
팩스	031-925-5368
이메일	provence70@naver.com
등록번호	제2016-000126호
등록	2016년 06월 23일
ISBN	979-11-88204-15-1-03810

정가 15,800원

파본은 구입처나 본사에서 교환해드립니다.

함께 걷는 육아, 함께 하는 스피치

몰입 육아 달인의
육아 처방전

최지은 지음

 프로방스

"엄마가 엄마 삶을 아끼고 열심히 사는 모습"

그 자체가 아이들에게 어떤 선행학습보다도 좋은 영향력을 미칠 것이라고 믿는 나는
아이들의 성장을 바라기 이전에 엄마의 성장이 먼저라고 강력하게 말하고 싶어.
아이의 책보다 엄마의 책이 먼저, 아이의 건강을 신경 쓰기 이전에
그 아이를 멋지게 키워 내야 하는 엄마의 건강이 먼저.

'좋은 엄마가 되어야지' 라는 막연한 마음가짐으로만 하루하루 아이

들을 대하기에는

마음도 몸도 너무 쉽게 지쳐버리더라.

작심삼일도 못가 이건 뭐..작심삼초더라고.

마음과 몸이 따로 놀았어. 지금 생각하면 그럴 수밖에..

자고 싶을 때 잘 수가 있나, 먹고 싶을 때 먹을 수가 있나, 싸고 싶을

때 쌀 수가 있나..

'잘해야지' 하다가 큰소리를 내고

'잘해야지' 하다가 작은 것에 아이를 혼내고

'정말 이러지 말자' 마음먹고 회식한다는 남편에게 화를 쏟아부어가며 때로는 잔뜩 날 서 있는 엄마 곁눈질로 눈치 보는 아이들에게 눈 흘겨가며 종일 생각했어.

'이러면 안 되는데...'

하루 종일 그러지 않아야지..하는 생각만 하다가 결국 아이가 잠들고 자는 아이 옆에서 등 쓸어주며 결국 죄책감, 미안함에 질질 짜던 게 나야.

'나 정말 어른 맞는 건가..',

'나 정말 왜이래...드디어 미쳤나보다..'

다중인격처럼 소리 지르다 울다, 후회와 실수를 무한 반복하는 내 모습을 보면서 정말 이대로는 안 되겠다 싶었어.

미숙한 엄마 때문에 내 아이들이 잘못 클 것 같았거든. 정말 이대로 아이랑 하루하루 지내다가는 아이도 나도 만신창이가 될 것 같았어.

불안한 마음에 무작정 서점으로 가서 육아서 한권을 뽑아 읽었어. 그리고 자리에 앉아 눈물을 쏟았어.

내 아이에게 너무나 부족한 엄마인 게 들통 난 것 같아 화끈거렸고, 미안했거든.

세상하나뿐인 엄마라고 매달리고 비벼대며 나를 사랑해주는 아이들이 참 고마웠어.

분명 모르던 감정이 아니었는데 책을 읽으며 그 행간 속으로 들어가 생각하니 해결점으로 가는 길이 보이는 것 같았어.

그렇게 죽어도 안 지나갈 것 같더니 기저귀 갈아주던 시간이 흘러 나는 세상 가장 바쁘다는 초등학생 1학년, 6살 두 딸 아이의 엄마가 되었고 스피치 강사라는 이름 하나를 더 달고 인생 제 2막을 멋지게 나아가는 중이야.

'엄마가 엄마 삶을 아끼고 열심히 사는 모습' 그 자체가 아이들에게 어떤 선행학습보다도 좋은 영향력을 미칠 것이라고 믿는 나는 아이들의 성장을 바라기 이전에 엄마의 성장이 먼저라고 강력하게 말하고 싶어.

아이의 책보다 엄마의 책이 먼저, 아이의 건강을 신경 쓰기 이전에 그 아이를 멋지게 키워 내야 하는 엄마의 건강이 먼저.

'힘듦' 은 당연한 거였고, 엄마의 '성장 통' 도 당연 한 거였어.

혼자였을 때의 내 모습만 생각하고 백지상태로 시작해버린 육아가 잘못이었던 것이지.

내 마음 상태 하나 돌보지 않고, 생각해보려 하지도 않고 '힘들다',

'죽겠다' 말하면서 부정적인 마음 더 켜켜이 쌓이게 만든 내 행동이 잘못이었던 거였지 밀물 썰물 정신없이 드나드는 감정 선들 그 자체는 잘못이 아니었던 거야.

육아에 흠뻑 취할 수 있는 용기,
자투리 시간을 활용한 독서,
새로운 꿈을 이루겠다는 희망,
이 세 가지가 답이었어.

이렇게 좋은 건 함께해야해.

2017년 12월

저자 **최지은**

Contents | 차 례

시작하는 글 _4

PART 01 : 엄마의 처음 _ 13
: [어설프지만 가장 용기 있는 시간]

01 예상치 못하게 얻게 되는 것들이 있는 법이지 _ 15

02 눈칫밥 육아 '3년' 인턴 _ 20

03 지금 우리에게 가장 필요한건, 책 _ 27

04 책은 어떻게 읽어줘야 해요? _ 38

PART 02 : 엄마의 고민 _ 51
: [지금 가고 있는 그 길, 잘 가고 있는 거 맞아]

01 짜증나는 이 기분, 나 제대로 된 엄마 맞나요? _ 53

02 늦은 시간 독서, 이대로 괜찮은가요? _ 64

03 기다려 준다는 것은 완벽한 존중이야 _ 74

04 군중심리, 그것만 벗어던져도 가볍게 갈 수 있어 _ 81

PART 03 : 엄마의 성장 _91
[내 아이가 크는 속도에 발맞춰 같이 크자,
진짜 어른이 되는 길]

01 이제야 보이는 '엄마'의 마음 _ 93

02 책, 필사, 새로운 꿈, 내가 성장해야 하는 분명한 이유 _ 103

03 육아는 나의 또 다른 재능을 찾는 과정이야 _ 113

04 100점 엄마가 되려는 욕심을 버리기 _ 121

PART 04 : 엄마의 노력_131
[아이들이 만드는 전시회, 그리고 책]

01 우리 집 만이 가지고 있는 분위기는 뭐야? _ 133

02 책만 읽는 바보는 없어 _ 142

03 모든 아이는 '감성의 뇌'를 가졌다 _ 150

04 '집 밥'이라 읽고 '엄마의 처절한 노력'이라 말한다 _ 159

Contents | 차 례

PART **05** 　엄마의 방법 – 한글 _ 171
[쉽게 시작하고 끈기 있게 밀고가기]

01　책으로 놀며 읽기독립하기 (책 찾기/ 한줄 읽기/ 이름표 붙이기) __ 173

02　한글공부는 주변에서 찾아 하는 거야 __ 190

03　'책 만들기' 라고 들어는 봤나. 놀며 배우는 통합적 교육 __ 202

04　'필사' 로 내면 먼저 키워 __ 211

PART **06** 　엄마의 방법 – 마음 챙김 _ 223
[무엇보다 마음이 건강하고 아름다운 너희들이 되길]

01　내 마음을 알아가는 '감정 놀이' __ 225

02　마음이 건강해지는 '미덕 놀이' __ 238

03　마음이 넓어지는 '협동 놀이' __ 245

04　마음이 행복해지는 '저녁산책놀이' __ 254

PART 07 엄마의 방법 – 스피치 _265
[재미있게 접근하고 끈기 있게 밀고가기]

01 내 목소리에 귀 기울이다 : 낭독하는 법 __267

02 내 목소리를 조절하다 : 목소리 크기를 키우는 법(발성) __274

03 내 속도를 조절하다 : 차분하고 또박또박 말하는 법(호흡 조절) __283

04 내 표정을 드러내다 : 자신 있게 발표하는 법(표정, 제스처) __291

05 내 생각을 말하다 : 조리 있게 말하는 법(스피치의 구성) __303

마치는 글 | '육아는 독서법이다' __316

PART **01**

·
·
·
·
·
·

[제 1 장]

엄마의 처음
———
어설프지만
가장 용기 있는 시간

·
·
·
·
·
·

01

예상치 못하게
얻게 되는 것들이 있는 법이지

처음은 늘 어설프지만 또 가장 용기 있는 시간이 되기도 해.

'멋모르고' 해보는 용기가 샘솟게 되거든.

'아~~모르겠다. 일단 하고보자!' 라는 마음인거지.

용감함, 이 마음가짐 하나로 겁 없이 도전한 아나운서 시험.

그리고 안 될 줄 알고도 무모하게 일단 하고 보던 20대 최지은의

좌충우돌 많은 일들도..

떠올려보니 어설펐기에 가질 수 있는 용기였어.

첫 출산, 첫 육아. 처음이라 당연했던 어설픔.

이렇게 나의 모든 처음은 불완전 했었고 그랬기에 겁 없이 나아갈 수

있었던 시간이었어.

첫 아이, 서윤이를 임신했을 때는 행복했지만 아직 준비가 덜 된 것만

같은 불안한 마음으로 시간을 보냈던 것 같아.

지나고 보니 그 고민의 시간대신 더 충분히 사랑해주고 더 열렬히 행복해 했다면 좋았을걸..하는 후회가 들더라. 갈피 못 잡던 엄마의 감정을 뱃속에서 고스란히 느끼게 한 것 같아 큰아이, 서윤이 에게는 그게 늘 미안하고 마음에 걸려.

그때는 몰랐던, 지나고 나야 뒤늦게 보이는 것들..
그리고 그 속에서 예상하지 못하게 얻게 되는 배움과 지혜들.

자기 몸 하나가 세상 가장 중요했던 한 사람이,
또 다른 생명을 낳아 육아하는 게 어떤 의미인지를
직접 아이를 낳기 전까지 생각해보지도 않았던 것 같아.
사실 이렇게까지 24시간 풀가동 되리라고는 상상을 못했었던 거지.
옹알이 하는 아이를 하루 종일 바라보며 제대로 된 대화를 하고 싶었고 출산 후 잔디 인형 같던 내 머리카락을 좀 어떻게 진정시키고 싶었고, 지퍼 열면 가슴이 드러나는 수유티를 입고 24시간 꼬질꼬질한 모습으로 아이를 안고 있는 내 모습이 너무 남루해 거울 앞에 서는 것도 겁이 나던 시간.

잠도 제대로 못자, 먹는 것 도 제대로 못 먹어, 제대로 싸지도 못해..

이 작은 아이에게 내 삶이 완벽하게 묶였다는 사실에 문득 드는 공포감.

정말 이게 육아인가 싶더라. 나에게 육아는 시공간을 초월한 험난한 여정 그 자체였어.

이렇다보니 몸이고 마음이고 만신창이가 돼서 사람이 어두워지는 거야.

나만 구질거리는 것 같고 초라해 지는 거야.

아무리 젊어도 애 키우는 엄마 얼굴에 드러나는 피곤함과 일상의 찌들음이 있거든.

자신감 충만한 사람이든 아니든 맨땅에 헤딩하는 기분으로 육아에 뛰어들어 고생 좀 하다보면 의도하지 않게 자존감이 땅 으로 푹 꺼져.

한 번도 경험해보지 못한 낯선 선택지들 앞에서 늘 두근거리는 마음으로 초조하게 고민하다보면 순간 겁이나.

'이렇게 하면 되는 건가...맞는 건가..'

나 혼자가 아니라 이 아이를 잘 보호하고 올바르게 키워야 한다는 책임감의 무게는 생각보다 무거웠어. 아니, 엄밀히 말해 겁이 났어.

무모하리만큼 용감하게 백지상태로 시작한 나의 육아 덕에 첫 아이는 엄마의 실수를 고스란히 온몸으로 경험했고, 초짜엄마와 함께 새롭게 육아를 개척해나가는 동반자가 될 수밖에 없었어.

모든 것이 낯설고 어설펐지만 아이와 함께 나아가야만 했던 대책 없이

용감하던 나는 하나하나 경험치를 쌓아가며 배우고, 터득하고, 성장할
수 있었어.

대화하기 위해 하루 종일 아이 눈 맞추며 혼자 떠들던 외롭던 시간들
은 아이가 빨리 말을 할 수 있게 돕는 촉매제 역할이 되었다는 걸 그때
는 알지 못했고 아이에게 수시로 지어주는 나의 다양한 표정들이 아이
의 감성을 발달시키는 중이라는 것도 그때는 알지 못했거든.
아이가 내뱉는 짧은 문장 한 줄에 수십 줄로 대답해주며 끊임없이 대
화를 이어가던 일상이 아이의 감성에, 아이의 언어발달에 큰 도움이
되고 있다는 사실을 그때는 정말 몰랐어.

이렇게 소리 없이 조금씩 커가던 아이처럼 엄마도 아이와 발 맞춰 조
금씩 성장 중 이라는 걸, 이 육아라는 시간이 얼마나 소중하게 부여된
시간인지 이제는 알 것 같아.

'육아는 누구나 힘들다' 는 그 명제를 받아들일 수 있는 마음의 여유를
만들어 놓고 시작해.
힘들지만 이 새로운 경험이 아이와 나의 인생에 특별한 경험이 될 것
이라는 확신을 가지고 시작하면 돼.
첫 애를 낳고 초짜 티 풀풀 풍기며 아등바등 하던 나는 21개월 터울로

둘째, 아윤이(꼬물이)를 가졌어. 생각보다 너무 빨리 생긴 생명이었지만 혼자가 아니라 서윤이와 함께하는 태교가, 임신기간이 외롭지 않았어.(외로울 틈 없었다)

아윤이는 뱃속에서 언니와 내가 하루 종일 말하는 수다를 태교삼아 재미있게 들어가며 커나가는 중 이었을 거야.

나를 진짜 어른으로 만들어줄 선생님 둘을 얻게 되었다는 것을 이리 뒤늦게라도 알게 되었으니 난 행운을 거머쥔 엄마 아닐까.

내가 걷는 길이 진흙탕 인 것 같아도 조금 더 걷다보면 자갈길이 나오고 조금 더 걷다보면 부드러운 모래 길도 나와.

열심히 걸어가면서 다리에 근육이 어느 정도 생겨날 때 즈음 저기 앞에 쫙 펼쳐진 아스팔트길이 보이게 되더라.

묵묵히 걸어가면 돼.

좋은 건 함께.

02

눈칫밥 육아 '3년', 인턴기간

아기 띠 에서 잠든 네가 깰까봐 겁이나 엄마는 배가 아파도 절~대 화
장실로 들어갈 수 없다! 그렇게 잠시 얻은 평화와 맞바꾼 변비.
'그냥 화장실로 직행할걸..'

이 난리 통에 너와 함께 먹느니 너님 다 먹이고 나서 엄만 편하게 밥을
먹겠다! 하지만 먹으려하면 몸뚱이 하나 움직이는 게 귀찮아 한 그릇
음식을 추구하게 된 엄마.
'그냥 애 먹을 때 뭐라도 같이 먹을걸..'

놀이터, 산책, 하루 종일 맘먹고 신나게 놀아줬으니 일찍 재우고 내 자
유 시간 좀 갖고야 말겠다! 이런 날은 박카스 한 박스 먹은 애 마냥 이

상하게 또 늦게까지 버텨.

'기대나 하지 말걸...'

유모차를 밀고 나가면 걷는다하고 아기 띠를 들고나가면 유모차를 탄 다하고 유모차를 밀고 아기 띠로 너를 앞에 매달고 집으로 오는 천리 를 걷는 무거운 발걸음.

'나는 왜 두 개를 힘들게 다 가지고 다니는 것인가...'

너무 피곤하다 하루만 외식하자!

" 엄마 미역국에 밥 줘."

".......(니미...)"

늘 오묘하게 시트콤 분위기 풍기던 하루하루가 때론 재미있고 때로는 또 너무나도 버겁게 와 닿았어. 시간은 참 더럽게도 잘 안가더라.

계획대로 되지도 않지만 예측을 늘 빗나가 수시로 날 당황시키고 그 위기를 온몸으로 체득하면서 식은땀을 하도 흘리다보니 나도 이대로 는 못살겠다고~살아보겠다고..

눈칫밥 이라는 게 생기더라.

내 자식의 행동에 엄마만이 즉각적으로 반응할 수 있는 눈칫밥.

'이 타이밍에는 절대 이 아이를 건들지 아니하겠노라.'

'저 표정은 곧 기저귀를 갈아야 하는 순간인거로군.'

'달라고 할 때 바로 안주면 이 생난리가 펼쳐지는군.'

'바로 눕혀놓으면 바로 깨는군.'

뭐 엄마만이 미묘하게 알아내서 움직일 수 있는 소소한 것들 말이야.

많은 육아 서에서 '3년' 정도는 무조건 엄마가 아이와 함께 하며 애착을 형성해야 한다고 하잖아.

아이와 함께 하루 종일 보내다보니 왜 '3년'은 엄마가 키워야 하는지 알 것 같아.

아이에게 이 3년이란 시간은 철저하게 이기적으로 원하는 것을 얻어낼 수 있는 시기이고, 변화무쌍한 감정들을 가감 없이 표출해 낼 수 있는 시기야.

엄마에게는 내 아이를 파악하기 위해 공들이고 더 관찰해야 할 시간이 바로 이 3년이고.

한 번 말해서 못 알아들으면 울어대던 서윤이

세상을 처음 접하는 탐험가 정신으로 무장한 초짜 아이와, 난생 처음 엄마라는 이름을 부여받은 초짜엄마가 완벽하게 한 팀을 이뤄서 서로 상호작용하며 하루를 보낼 수밖에 없었던 시간이 이 3년 동안이었어.

웃고 있지만 저 자세로 참 똥을 잘 싸던 아윤이

엄마는 아이의 얼굴 표정, 행동이 무엇을 의미하는지 면밀히 관찰해 알아내는 심리학자도 되어야 하고, 아무도 알아듣지 못하는 아이의 부정확한 발음을 들으며 반응하고 제대로 알려주는 교육자 역할도 해내야 하고, 아이의 성장에 힘쓰며 영양가 있는 음식을 내어주는 영양사 역할도 수행해야 하고, 청결을 위해 청소부 역할도 수행해야 하고..
아이를 위해 다양한 역할을 수행하며 변화무쌍한 아이의 감정을 섬세하게 알아내고 반응해 주는 놀이치료사 역할도 해야 했어.

내 아이에 대한 모성덕분에, 또 너무나도 무지했기에 묵묵할 수밖에 없었던 경험들이 뒤섞여져 나는 눈칫밥 3년에 내 아이에게만큼은 늘 '촉' 서있는 엄마가 되었어.

많은 육아서 에서 강조했던 것처럼 나 또한 아이와 함께하는 '최소한의 3년' 은 중요하다고 생각해.

그 후에는 그때 ⑶동안 쌓여진 둘만의 신호, 둘만의 눈빛, 둘만의 소통으로 조금 더 편하게 감정과 행동을 받아들일 수 있는 노하우, 여유가 생기더라.

진흙탕을 걷는 것 같은 기분, 이 3년 만 잘 버티면 조금 더 걷기 수월한 자갈길이 기다려.

걷다가 보면 다리가 아픈 시점이 분명 오긴 하지만, 푹푹 꺼지는 진흙탕을 걷는 것 보다는 훨씬 수월한 자갈길.

걸을 만 해.

내 아이의 기질, 또는 갑자기 하는 돌발행동들.

엄마만 아는 내 아이의 예민한 부분, 엄마만 아는 내 아이의 투정시점.

이렇게 내 아이를 가장 가까이에서 이해해주고 받아줄 유일한 사람은 바로 '엄마' 였어.

24시간 순간순간 예고 없이 내 시간에 침입해서 소리 없이 나와 하나가 되어가던 내 아이.

라면 물도 제대로 못 맞춰서 버리던 내가 아이 먹일 음식들을 만들며 조금씩 요리 실력이 늘었던 것처럼 아이도 역시 쉴 새 없이 떠들고 대화하던 과정을 통해 '말하고 반응' 하는 법을 배웠을 거야. '감정을 교 감하는 법' 을 배웠을 거야.

스피치 수업을 할 때 '경청' 즉, 잘 듣는 것도 중요한 부분임을 강조해. 말하는 것도 중요하지만 말하는 것을 정확하게 파악하기 위해서는 집 중해서 듣는 것도 중요하거든.

육아기간, 특히 3년 동안 엄마는 아이의 말 한마디 한마디를 집중해서 들으며 열심히 경청 연습을 해 나갈 수 있어. 아이 역시 엄마의 표정과 말 한 마디 한 마디 경청하며 자라날 테고 말이야.

내 아이는 자신의 앞에 서있는 엄마의 진심어린 반응을 보고 자라는 중이야.

엄마가 표현하는 존중의 모습들을 몸에 새기며 자라는 중이야.

너무나 힘들긴 하지만 사실 너 때문에 가장 많이 웃고

너무 우울할 때가 있기는 하지만 사실 너 때문에 가장 행복하고

너무 생소한 경험들이지만 사실 너 덕분에 알게 된 새로운 경험들이기 도 하고 너무나 어렵지만 사실 가장 나를 어른답게 성장시킬 시간.

행복과 피곤이 너무나 적절하게 섞여서 이건가..저건가..양면 구분하 기가 참 헷갈리던 시간.

사랑과 원망이 교묘하게 뒤섞여 엄마의 마음을 혼란스럽게 만들던 헷 갈리던 시간이 바로 육아 3년 이었어.

뜨거운 애증의 관계.

3년만 내 아이에게 나를 맡겨봐.

내가 아이를 키우는 게 아니라 엄밀히 따지면 아이가 나를 길들여가는

3년의 경험치가 분명 내면을 강하게 해줄 거야.

좋은 건 함께.

03

지금 우리들에게 가장 필요한건, 책

육아에 지친 당신, 근처에 몇 권의 책이 널브러져 있어?

육아에 지쳐 죽겠는데 책 읽으면서 눈알 빠질 일 있냐고?

힘들어 죽겠는데, 시간이 없어 죽겠는데 무슨 책이냐고?

진정해..나 역시 반신반의하며 시작했었지만 이제는 확실하게 말 할 수 있는 사실 한 가지.

지금 이 순간 가장 필요한건 바로 '책' 이야.

힘들고 마음이 복잡할 때는 책을 읽어야 한다는 어느 저자의 말에 갑자기 심장이 벌렁거리고 얼굴이 벌개 지는 거야.

부들부들.. 당장이라도 그 저자에게 달려가서 소리치고 싶었어.

"......아니 그니까 언제 읽냐고 !!!!!!"

부끄러운 말이지만 나는 대학생 때까지 읽었던 책보다 애 낳고 마음

다지면서 읽어나간 책들이 훨씬 더 많아.

대학생 때보다도 더 자주 도서관을 드나들며 책을 찾고 읽고 있는 내 모습이 가끔은 나도 신기해.

뭐가 날 그렇게 책에 열광하게 만들었을까?

책으로 한글을 뗀 서윤이를 보며 위력을 실감하긴 했지.

책을 보고 필사를 시작하면서 아이를 바라보는 내 눈초리가 선해짐을 경험했고.

책 속 보석 같은 글귀를 그대로 따라 해보며 달라지는 마음가짐을 경험했거든.

육아서 속 과학적 이론들보다도 인생 선배들이 책 속에서 들려주는 다채로운 이야기는 나에게 즐거운 수다타임이자 육아를 바른길로 안내하는 지침서였어.

그 살아있는 교과서들만 열심히 파도 뭔가 해내겠더라고.

그 확신이 지금의 나와 아이들의 하루를 만들었던 것 같아.

일단 책을 사방에 둬.

아이들을 위해 거실 사방, 침대 바구니, 온통 책장과 책으로 인테리어를 꾸며놨지만 정작 엄마의 책이 없다면 그건 꽝이야.

생각보다 자투리 시간은 많았고, 마음만 먹으면 하루 책 한 쪽 읽는 건

집안 곳곳 놓아둔 엄마의 책 들

일도 아니었어.

하나를 얻기 위해 다른 하나를 과감하게 포기할 용기를 가지면 내가

원하는 것을 얻을 수 있는 거였어.

책을 읽기위해 내 일상 속에서 과감히 버린 것은 휴대폰, 텔레비전 시

청 이렇게 한 두 개였는데 생각보다 많은 것들이 갑절로 돌아와 갈수

록 마음이 든든해지더라.

책을 읽는 것뿐인데 쿵푸팬더 속 대사처럼 자연스럽게 "inner peace"

가 이뤄지더라고.

해보기도 전에 겁먹고 피곤하다, 불가능하다 생각하지 말고 inner peace를 위해 책 한 줄 읽을 시간을 어떻게든 만들어봐.

시작은 어렵지만 일단 시작하고 나면 조금씩 가속도가 붙는 게 바로 책읽기, 독서라고 난 확신해.

외롭기도 하고 고단하기도 하고 참 어렵기도 하던 육아.

아이가 잠들고 갑자기 한꺼번에 밀려오는 피곤과 무료함과 허무함을 책으로, 책 덕분에 건강하게 이겨낼 수 있었어.

심리서로는 짜증나는 내 마음을 토닥일 수 있었고, 육아서로 이미 육아시간을 현명하게 거친 인생선배들과 간접적 모임을 가지며 고요하게 공감할 수 있었고, 철학서로 인생의 지향점에 대해 고민할 수 있었어.

신기한 것 하나 말해줄까?

이렇게 내가 책을 가까이하며 살다보면 나와 비슷한 사람들은 서로 냄새를 맡고 근처로 모여들게 돼. 인생의 지향점이 비슷한 '책' 순이 들이 마음을 나누면서 건강한 교류를 할 수 있게 되는 날이 오는 거지.

배움을 전제로 한 진정한 친구.

듣기만 해도 짜릿하고 기분 좋아지지 않아? 그런 친구들이 생겨.

아이들 어릴 때 만나 오며가며 인사하다 '책' 이라는 공통분모로 지금

까지 진하게 인연 유지하는 내 정신적 지주 독수리 삼남매 엄마(한나 언니) 도, 아이들 육아에 앞서 나의 발전을 먼저 실행해 옮긴 도서관 죽순이 들과의 인연들도, 서로 좋은 책을 추천하고 읽고 공유하면서 사색하는 친구들도, '책' 이라는 흔들리지 않는 중심으로 인생의 지향점을 고민하는 블로그 이웃들..

책의 중요성을 알고, 엄마의 성장을 위해 노력하는 사람들이 인연이 되어 서로에게 배우며 win-win하는 멋진 관계가 형성돼.

inner peace를 통해 만들어 진 자기기반, inner circle!!

'책 육아' 라고 하면 사교육을 지양하고 뭔가 단절된 채 책만 읽히는 것으로 생각하는 사람들도 많은 것 같아.

블로그에 일상의 글을 쓰면서, 또 책 육아에 살짝 발을 들였던 나에게 다가왔던 책 육아라는 의미는 정말 단순히 '책' 이 중심이 되는 교육이었어.

그리고 가장 중요한 것은 엄마의 책읽기가 선행되어야 한다는 전제가 깔려 있다는 거야.

엄마는 읽지 않는 책, 아이에게만 사주며 읽으라고 하는 건 아무 의미가 없다고 생각해 난. 재미있는 책 엄마와 함께 읽어보면서 그 속에서 새롭고 신기한 것들을 찾고,

책마다 새로운 작가들의 표현과 색감을 감상하며 이야기 나누고,

책 속 주인공에 함께 일희일비하며 감정을 교감하는 시간여행.

그 여행들을 통해 간접적인 경험치가 쌓이고, 무한적인 상상력을 품고, 마음이 풍요로워질 수 있는 내공이 생겨나는 것이 독서였어.

100점을 맞기 위해 하는, 지식을 위한 독서가 아니라 조금 더 넓게 세상을 바라볼 수 있는 지혜를 얻게 되는 것이 진정한 독서였고.

아이에게도 필요하지만 먼저 길을 터놓고 앞서서 끌어줄 수 있으려면 '엄마의 독서' 는 필수야.

서윤이 아윤이는 책을 장난감 삼아 물고 빨고 쌓고 놀며 컸어.

홈쇼핑에서 할부로 들인 애플비 전집을 시작으로 소리 나는 사운드 책, 부스럭 소리 나는 책, 보드 북, 팝업 북 가리지 않고 장난감처럼 가지고 놀았거든.

블록이나 여타 장난감들로도 신나게 잘 놀았지만 내 무릎 위에 앉아서 읽는 책 읽는 시간을 너무 좋아했고, 좋아하는 책 수십 번 읽어달라고 떼쓰며 새벽까지 참..오지게도 안 잤어.

아이들과 누워서 뒹굴 거리며 작은 보드북 보고 읽어 주는 게 공주역 활극보다는 차라리 편해서 묵묵히 버틴 시간이었는데 이제는 책 읽는 자체가 좋은 습관으로 자리 잡아 두 아이 모두 책을 많이 좋아해.

그리고 서점에서 털썩 주저앉아 육아서 읽고 눈물 쏙 뺀 후 이제는 좀 사람다운 엄마가 되겠다고 다짐한 나도 틈 날 때마다 책을 폈어.

아이들에게 재미있는 장난감이던 책

밥 먹다가도 펴고, 화장실 들어 갈 때도, 버스 기다릴 때도, 빨래를 접
을 때도..

그렇게 시간을 쪼개서 사용하지 않으면 한 장 읽기도 힘들었거든.

책 읽는 엄마의 모습을 보고 자란 아이는, 그리고 책과 함께하는 환경
에서 자란 아이는 누구나 책을 좋아하는 아이로 자랄 수 있다고 생각
해.

즉, 좋은 독서습관을 위한 가장 확실하고 쉬운 멍석은

'엄마가 먼저 책 읽기'.

어쩌다보니 엄마가 되었고 처음 겪는 육아 통에 마음 추스르느라 정신 없지?

그래서 책이 있는 거야. 아이 키우는 엄마 제대로 정신 줄 부여잡으라고. 엄한대로 정신 쏟지 말고 책 안으로 눈을 돌리라고.

처음 한글 떼는 아이 마음으로 한 글자 한 글자 정성스럽게 읽어 내려가며 들쭉날쭉한 내 호흡을 조절하고, 화나는 마음은 육아서 글귀 읽으며 내려놓으면서, 인생선배들이 해주는 책 속 보석 같은 문장들 읽고 사색하며 그렇게 토닥이고 치유하는 시간이 절대적으로 필요한 게 바로 육아야.

그래서 책 육아를 하는 대부분의 엄마들은 아이들 책 육아 하면서 나의 독서도 함께 향상돼. 아이가 책을 읽으며 멋지게 성장하는 모습을 보면서 역으로 나도 그 아이처럼 성장해야겠다는 욕심이 생기거든.

아이 낳으러 들어가는 후배들이나 동생들이 나에게 준비물 뭐 챙겨가야 하냐고 물으면 나는 다른 것 다 필요 없고 일단 '책'이라고 말해. 블로그 이웃들이 쪽지나 댓글로 조리원 갈 때, 또는 아이 신생아 때 가장 필요한 것들 알려달라고 물으면 우선순위로 책부터 말해. 책 이고 가서 읽고 사색하면서 마음의 준비를 건강하게 마치고 나오라고.

조리원은 그야말로 육아실전에 본격적으로 돌입하기 전 우리에게 주어진 마지막 자유야.

젖 짜면서 읽고, 좌욕하며 읽고, 누워 읽고, 미역국 원 샷 하며 읽으면서 마음과 뇌를 세뇌시켜.

'잘 할 수 있다. 힘들지만 이렇게 하면 되겠구나. 건강한 마음을 갖자. 정신 똑바로 박힌 어른엄마가 되자.'

조리원에서 그 보석 같은 시간을 통으로 놓친 것이 인생 최대의 한이 된 나는 손이 다쳐 인대를 수술해 2주 병원신세를 지면서 책에 파묻혀 있다 왔어.

혼자 있는 시간이 절대적으로 없다는 것을 이미 경험한 나에게는 아픔의 이 시간도 어쩌면 다시 내면을 다질 기회로 삼으라고 주어진 시간이라 느껴지더라. 그 한 풀어보라고 주어진 시간.

커다란 여행 가방에 집에 있는 책, 산 책 모두 가지고 와달라고 남편에게 부탁을 했어.

아침부터 새벽까지 정말 책만 읽었어.

아이들이 학교며 유치원에 간 시간도, 아이들이 모두 잠든 시간도, 놀이터 벤치에서 놀고 있는 아이들을 바라보면서도 나에게는 늘 동아줄 같았던 '책'이 함께 했어.

정말 나에게는 동아줄이었어.

병실에서 수시로 받았던 책, 여행 가방은 늘 책이었다.

아이들이 잠 든 시간, 그리고 아이들이 놀 고 있던 시간은 엄마의 자유

임신하면 누구나 다 산다는 삐뽀삐뽀 ** 육아 백과사전도 좋지만 내
마음상태를 들어다보고 생각해볼 수 있는 심리학 서적도 꼭 한번 펼쳐
봐.
아이들 수면습관 베이비 ***도 좋지만 이 생명체에 대해 고심해볼 수
마음가짐을 심어 줄 철학책도 꼭 읽어보고.

이유식을 만드는 레시피 가득한 요리책도 좋지만, 아이의 건강한 밥상을 위한 책도 읽어봐.

'꼭! 이렇게 해!' 라는 명쾌한 책들보다 '이렇게도 한번 생각해봐.' 라고 속삭여 주는 책들이 난 더 좋더라.

그렇게 고민하고 생각하면서 내가 바라는 인생의 지향점으로 천천히 나아가는 거였어.

종류불문, 상황불문 변하지 않는 한 가지.

지금 우리에게 가장 필요한 것은 바로 '책' 이라는 사실.

좋은 건 함께.

04

책은 어떻게 읽어줘야 해요?

누군가에게 책을 읽어준다는 것.

나를 위한 책읽기가 아닌, 누군가를 위한 책읽기를 언제 해보겠어.

뱃속 아이에게 태교 책 한권을 사서 민망함을 무릅쓰고 책을 읽어주는 경험을 시작으로, 어린 내 아이 품에서 책을 읽어주며 경험을 쌓고, 그러다가 동화 읽어주기 봉사활동이며, 학교 도서관 책읽기 수업에도 우연히 참여해보며 조금씩 묵독이 아닌 낭독의 경험치를 넓혀가는 거야.

내 아이를 위해 시작했지만 결국 '책'은 중요하다는 것을, 또 책을 올바르게 읽어주는 방법을 널리 알리고 싶은 좋은 마음이 들게 되거든.

묵독으로 읽는 독서가 아닌 낭독하며 읽어나가는 책읽기, 그림책 읽기는 그야말로 에너지가 많이 필요해.

대학 수업 때 경험했던 PT발표랑은 급이 다르고, 눈으로 읽던 고요한 독서랑은 차원이 다른 그림책 읽기를 경험하면서 엄마는 인내심의 한계를 경험하게 돼.

남자목소리, 동물목소리, 여자목소리 넘나들며 창작동화 몇 권 읽어주다 보면 누구나 생각한다.

'...난 동물흉내 완벽 빙의하려고 대학 나온 여자이다.'

어머님들을 위한 스피치 강의를 하게 되면 많이 받는 질문 중 하나가 바로 '책 읽어주기'야.

"...아이에게 책은 어떻게 읽어줘야 해요?"

그래 좋다.

몇 시간이고 책을 읽어는 주겠는데 방법을 모르겠다는 거야.

그냥 글자만 정성껏 읽어주면 되는 건지, 무작정 하이 톤으로 아이들에게 흥미를 유도하는 목소리면 되는 건지, 혹여나 나 때문에 아이에게 안 좋은 습관이 그대로 전달되는 건 아닌지 불안한 마음을 호소하시는 분들도 많았어.

모든 엄마가 책을 읽어주지만 제대로 된 책 읽기 방법에 대해 남몰래 고민하고 있는 사람이 많다는 것을 알 수 있는 계기였고,

내가 아나운서로 일하면서 자연스럽게 연습되어 있던 발음, 속도, 강조, 호흡조절, 목소리 톤 자체가 많은 엄마들에게는 생소한 부분일수

도 있겠다 싶었어.

맞아, 어쩌면 내가 아이와 교감하는 책 읽기 자체만으로도 훌륭한 책 읽기 일 수도 있어.

하지만!

나는 스피치와 연결시켜 책읽기에 대해 접근해 볼게.

아이는 엄마의 '발음'을,

엄마의 말하는 '속도'를,

엄마의 목소리 '크기', '감정표현'과,

엄마의 '입모양'을 유심히 관찰하면서 배우고 익히는 중이야.

우리가 노력하는 이유는 단 하나잖아.

'제대로 된 엄마의 모습을 보고 잘 따라와라. 잘 커줘라'

그러기 위해서는 엄마가 먼저 기본적인 부분을 익힐 준비가 되어야 하고.

그렇게 책을 읽으라고 난리치더니 이제는 책을 제대로 읽어줄 준비까지 하라니까 갑자기 숨통이 탁 막히는 것 같아?

걱정 마. 내가 할 수 있으면 누구나 다 할 수 있어.

쉽고 편하게 할 수 있는 방법들이야.

잘 보고 내가 적용해줄 수 있는 부분을 체크해 실행해보면 돼.

아나운서 같은 목소리나 발음을 익히라는 게 아니라 책 읽어주는 내 모습을 조금 더 관심 있게 관찰하며 바라보라는 거니까.

내가 아이에게 책을 읽어줄 때 나도 모르게 호흡이 너무 빨라 숨이 가쁘지지는 않은지,

또는 입모양을 부정확하게 하거나 입 자체를 너무 작게 벌리면서 오물거리고 있지는 않은지, 또는 즐거운 문장, 놀라는 문장, 슬픈 문장, 화나는 문장 모두 무감각한 표정과 목소리로 일관되게 읽어주고 있는 건 아닌지, 정확한 발음으로 읽고 있는지 책 읽어 주는 내 모습을 객관적으로 평가 해 보는 게 우선.

 와~즐거운 소풍이다!! ➡ 말하는 내 표정과 목소리 파악해보기

깨끗이 ➡ 깨끄시 (○) , 깨끄치(✕) 정확하게 발음하고 있는지 확인해보기

무엇이든 관심을 가진 만큼 보이는 법이야.

다음은 평소에 오물거리며 이야기 했던 내 입 근육을 조금 풀어줘 볼 거야.

최대한 입을 확장시켜서 정확하게 한 글자 한 글자 발음해 보는 건데 안 쓰던 입 주변 근육까지 다 풀어버리겠다는 생각으로 크~게 입을 벌려서 읽어봐.

〈문장 발음 연습〉

1. 우리 집 옆집 앞집 뒤 창살은 홑겹창살이고 우리 집 뒷집 앞집 옆 창살은 겹 홑창 살이다.
2. 여기 계신 저 분이 박 법학박사 이고, 여기 계신 이 분이 백 법학박사이다.
3. 사람들은 햇 콩 단 콩 콩죽 깨죽 죽 먹기를 싫어하더라.
4. 서울특별시 특허 허가과 허가과장 허 과장.
5. 상표 붙인 큰 깡통은 깐 깡통 인가 안 깐 깡통인가.
6. 신진 샹송가수의 신춘 샹송 쇼.
7. 작년에 온 솥 장수는 새 솥 장수이고, 금년에 온 솥 장수는 헌 솥 장수이다.
8. 한국관광공사 곽진광 관광과장.

〈어절로 끊어서 문장 발음 연습 〉

1. 간장 공장 / 공장장은 / 강 공장장이고 / 된장 공장 / 공장장은 / 공 공장장이다. //
2. 중앙청 창살은 / 쌍 /창살이고, / 시청의 창살은 / 외 / 창살이다. //
3. 저기 있는 / 저 분은 / 박 / 법학/박사이고, / 여기 있는 / 이 분은 / 백 / 법학박사이다. //
4. 들의 / 콩깍지는 / 깐 / 콩깍지인가 / 안 / 깐 / 콩깍지인가 /
5. 스위스에서 온 / 스미스 씨의 / 이야기 /
6. 서울 / 특별시 / 특허 / 허가 과 / 허가 과장 / 허 / 과장 /
7. 고려고 / 교복은 / 고급 교복이고, / 고려고 / 교복은 / 고급 원단을 / 사용했다. //
8. 라디오는 / 랄라라라 / 릴라라라 / 랄랄랄라 / 라랄랄라 /
9. 로얄 / 뉴 / 로얄 / 아파트 /
10. 창경원 / 창살은 / 쌍 / 철창살 /

또박또박 읽으며 정확하게 발음하고, 또 어절로 끊어가면서 말을 하다 보면 평소에 무심히 지나가던 잘못된 발음들이 들리기도 하고, 빠른 속도도 조절 돼.

입모양과 발음이 정확해 졌다 싶으면 속도를 조금 내서 입의 근육을 열심히 움직여주며 빠르게 읽어봐.

시작은 천천히, 또박또박, 그리고 시간이 지나면 빠르게.

정확하게 입모양 내고, 발음하기가 습관이 되어 있으면 아무리 빨리 읽어도 발음이 정확하게 들려.

멋진 교재나 비싼 학원에 가야만 스피치를 교육받을 수 있는 게 아니거든.

이 또한 마음가짐.

내 근처 수많은 글자들을 정성스럽게 대하고 읽어보겠다는 그 노력의 마음가짐이면 누구나 스피치 달인이 될 수 있어.

꾸준히 발음을 훈련시키고, 문장연습으로 입의 근육들을 풀어줬다면 이제 아이들에게 의식적으로 지켜야 할 다섯 가지를 말해볼까 해.

가장 기본은 아이에게 편하게, 즐겁게 읽어줄 수 있는 마음가짐이지만 우리는 조금 더 관심을 가지고 책 속 문장 하나하나 정성스럽게 다루어주자.

1. 모음 정확하게 발음하기.

모음 '아(ㅏ)', '야(ㅑ)'처럼 입모양을 크게 벌려야 하는 모음들 몇 개를 정해놓고 그 모음만큼은 입을 좀 더 크게 벌리며 말하는 연습을 하는 거야.

> 하마와 너구리, 하이에나는 숲속에서 하하 호호 신나는 음악을 연주했어요.
> **예** → **하마**와 너구리, **하**이에나는 숲속에서 **하하** 호호 신나는 음**악**을 연주했어요.

2. 문장 속 띄어쓰기 그대로 지켜 읽어보기.

문장에 있는 띄어쓰기 부분을 정확하게 지켜서 읽어주는 연습이야.
문장 자체에 고스란히 드러나는 호흡조절법인데 무작정 글자만 읽어주는 책읽기를 하다보면 놓치고 지나가기 쉽고, 또 이 띄어쓰기가 안 지켜질 경우에 너무 빠르거나 또는 반대로 너무 늘어지면서 집중을 방해할 수 있거든.

> 지은이는 오늘 집에서 맛있는 간식을 만들었다.
> **예** → 지은이는 / 오늘 / 집에서 / 맛있는 /간식을 / 만들었다. //

3. 문장 속 강조할 단어 정해보기.

문장 속에서 강조할 단어를 하나 또는 두개 정해서 그 부분은 조금 더 천천히, 또는 크게 읽는 연습을 하는 거야. 엄마가 읽어주는 글을 귀로 듣는 아이(청중)가 조금 덜 지루하고, 또 집중할 수 있게 도울 수 있어. 원래 읽던 대로 읽다가 어떤 일정한 단어에서 속도를 느리게 읽어주면 자연스럽게 천천히 읽어준 그 단어에 집중하게 되고 강조할 수 있거든.

 사랑반 친구들은 오늘 유치원에서 물놀이를 했어요. (강조할 단어 : 사랑반, 물놀이)

➡ **사/랑/반** 친구들은 오늘 유치원에서 **물/놀/이**를 했어요.

4. 어미를 정확하게 마무리해주기.

생각보다 많은 사람들이 말끝을 정확하게 마무리 하지 않아.

말끝을 정확하게 발음하는 습관을 들이지 않으면

 그랬습니다. ➡ 그랬슴다.   생각합니다. ➡ 생각함다.

이것처럼 의도하지 않게 부정확한 발음처럼 들리기 쉽거든.

시작은 좋은데 마무리가 제대로 되지 않으면 아무리 좋았던 앞의 상황도 반감될 수밖에 없어. 그래서 시작만큼 마무리도 중요한 법이야.

스피치 수업을 할 때 무조건 말 끝 (어미)은 조금 더 정확하고 또박또박 말 할 수 있도록 지도하는데 이 연습이 충분히 되면 의미가 정확하게 전달되는 장점도 있지만 자신감 있고 다부진 이미지를 주는데도 큰 도움이 돼.

 왕자와 공주는 행복하게 살았답니다. (살았담다)
➡ 왕자와 공주는 행복하게 살/았/답/니/다.

5. 아이와 한 흐름으로 가기.

알아 알아. 참 힘들다는 거 나도 잘 안다.

똑같은 책 손으로 가리키며 "또!! 또!!" 외쳐대는 아이와 몇 십번 똑같은 구절 읽으며 씨름하다보면 내가 책을 읽는 건지 책이 나를 읽는 건지 제정신이기 힘들다는 거..나도 잘 알아.

어떻게든 이 책 한권 마무리 하고 재우고 싶어서 속도도 빨라지고 입술도 최대한 작게 움직여 오물거려야 덜 힘들거든.

욕해도 티 안 나고...--:

같은 책 무한반복 읽기 중

처음에 잘 읽어주다가 2번.. 3번...반복되는 읽기를 하다보면 나도 모르게 정신 줄을 놓아.

나도 그 정신 줄 많이 놓쳐 봐서 알아.

근데 애들은 10번 읽을 때마다 책 속에서 다른 것들을 얻어 간다는 거야.

한번은 그림을 보고, 한번은 엄마 표정을 보고, 한번은 엄마 목소리에 집중하고, 한번은 그림 속 원숭이가 좋고, 한번은 글자에 눈이 가고...

열 번이면 열 번 다 다르게 책을 대하는 아이들의 시선에 발 맞춰서 나도 그 아이 따라가면 되는 거야.

아이가 원숭이에 자지러지면 나도 원숭이에 자지러지고 아이가 깜짝 놀라는 문장을 읽는데 깔깔 거리면 엄마는 느낌표에 온 영혼을 담아 눈 뒤집힐 정도로 같이 깜짝 놀라주면서 말이지.

아이들이 손으로 가리키는 그 부분, 또는 재미있어하는 그 구절을 최대한 '다양한 감정표현' 동원해서 읽어주는 것.

책 속에 어마어마하게 숨겨진 의성어, 의태어, 문장부호들을 최대한 활용해서 얼굴 근육을 같이 움직여 주는 것. 이게 마지막 방법이야.

이렇게 책 읽어주면서라도 내 얼굴 구석에서 잠자고 있던 이름 모를 근육들 움직여줘야지 아니면 얼굴 근육도 굳어.

'이 시간은 소중한 내 얼굴 잔 근육들 풀어주는 미용시간이다.' 생각 하며 일단 버.텨.

1번부터 5번까지의 방법을 매일 연습한다 생각 하고 책을 읽어주려고 노력해봐.

처음에는 이거 맞나? 하다가 이렇게 하는 건가보다..그리고 어느 순간 나를 객관적으로 평가하고 아이를 위해 노력하고 있는 모습을 발견하게 될 거야.

그리고 조금 더 발전하고자 하는 엄마라면, 용기 있는 엄마라면, 민망함을 견딜 만한 배짱 있는 엄마라면 휴대폰 음성 녹음기능을 적극 활용하도록 해.

부족한 내 모습을 있는 그대로 들어 민망할 수 있지만 가장 객관적으로 확인할 수 있고 발전할 수 있는 좋은 방법이기도 하거든.

알았으니 그냥 지나가는 게 아니라, 작은 것부터라도 일단 시도하고

노력하는 우리들이길.

우선 실행!

좋은 건 함께.

PART **02**

제 2 장

엄마의 고민

—

지금 가고 있는 그 길,
잘 가고 있어

01

짜증나는 이 기분,
나 제대로 된 엄마 맞나요?

책을 읽어도 마음잡기 쉽지 않았던 게 육아인데 책도 한권 안 읽고 무식하게 앞으로만 나아간 나였으니 시행착오가 왜 없었겠어.

매 순간 울화통이 터지고, 옹알이도 못하는 아이 앞에서 같이 눈물 쏟으면서 애보다 더 애 같은 모습으로 육아를 하고 있었거든 내가.

오늘도 결국 질질 우는 애 끌고 집으로 들어오는 몹쓸 엄마가 된 기분..

집에서는 봐줄만 한데 나가면 아드레날린 과다분비로 늘 눈총을 받는 내 아이의 에너지에 숨고 싶은 기분.

어제 분명 아이한테 혼내지 않는다고 사과했는데, 오늘도 역시나 무너져 버려 고함을 질러버린 참담한 기분.

남편회식에 일희일비하기 정말 죽기보다 싫은데 오늘도 역시 분노를 쏟아 내버린 패배자가 된 기분.

회식 뭐 먹는지 절대 물어보지 않겠노라 허벅지 찔러대지만 결국 늘 물어보는 비굴한 기분.. 아아악!!

아무도 점수 매겨주지 않는데도 내 점수가 마치 밑바닥을 맴도는 것만 같아 더 괴롭던 시기.

분명 잠들기 전에는 다짐해.

"내가 정말 내일은 잘해보리라!!, 요동치는 이 감정 온전히 붙잡아보리라"

이렇게 의욕이 충만한데 아이 재우다 쥐도 새도 모르게 쓰러져 새우잠 자다가 일어나면 온 몸이 쑤시고 정신도 멍하고 갑자기 만사가 귀찮고 힘든 거야.

'오늘은 또 어떤 스펙터클한 하루가 될 것인가..'

'오늘도 과연 버틸 수 있을 것인가.' 무서웠어..

자꾸 실수하고 아이와 대치하고 그러면서 자책하고 주눅들어가는 악순환의 연속이 너무 두렵더라. 열 달을 꼬박 품고 배 아파 낳은 내 아이가 버겁고 미울 때가 있다는 사실이 이해가 안됐어.

'나만 이런 건가..?'

'나는 모성본능이 아직 덜 생긴 건가?'

내 몸이 축나서, 내 감정이 축나서, 결론은 축나서 그랬던 거였어.

좋은 엄마가 되겠다고, 잘하겠다고 마음은 저~만큼 앞서가 있는데 바닥난 체력이 도와주지를 않는 거야.

뭐든 체력이 반이라고 피곤과 스트레스가 쌓여버리면 감정이 뒤틀어져 버린다는 걸 육아를 통해, 책을 읽어가면서 뼈저리게 느끼게 됐어.

- 너무 피곤해서 작은 일들도 짜증스럽다.
- 참을성이 바닥인 게 자주 들통 난다.
- 별거 아닌 일에 자꾸 눈물이 난다.
- 무기력하다.
- 아이의 귀여운 행동들이 더 이상 귀엽게 느껴지지 않는다.
- 늦게 와 잠든 남편을 벽으로 밀어버리고 싶다.
- 다음날 또다시 반복될 하루가 겁난다.

몇 개나 포함돼? 난 위에 있는 7가지 다 포함됐고, 가끔은 그 이상이었어.

간혹 아이가 너무 밉고 짜증스럽다가 아이가 잠든 순간 죄책감과 미안함이 밀물처럼 밀려온다면. 내 경험상으로 볼 때 100프로!! 엄마의 몸과 마음이 곪아 있어.

아이에게 몇 시간 반복되는 책읽어주는 보모노릇에 목이 약해져 도라
지 청도 달고 살았고, 구내염도 수시로 생겨서 고생을 했어. 몸이 피곤
하고 아프니 마음까지 함께 약해지고 우울해 지더라.

안아주고, 먹이고, 재우고, 씻기고, 치우는 릴레이 육체노동이 왜 안
힘들겠어.

거기다 아이와 24시간 풀가동하는 정신적인 에너지소비가 어떻게 안
힘들 수 있겠어.

그래서 내가 살려면 엄마인 내 하루를 잘 분석해보고

저장해놓을 수 있는 여분의 에너지를 최대한 잘 저장해 놔야해.

여분의 에너지로 책 읽으면서 내공 쌓으면 더 좋고. 그랬어야만 했어.

아이에게 짜증이 자주 난다면 자신의 생활을 돌아보세요.

사람의 에너지는 총량이 정해져 있어요.

다른 곳에 쏟으면 아이에게 줄 것이 모자랍니다.

에너지가 부족할 때 아이가 관심을 달라고 하면 짜증이 나죠.

줘야 할 것 같은데 줄 게 남아 있지 않으니까요.

아이에게 짜증이 자주 난다면 당신의 에너지를 아끼세요.

생활을 가능한 한 단순하게 하기.

관심 끊어도 될 일은 관심 끊기.

마음이 자주 다치는 일과 소식은 멀리 하기.

에너지가 남아야 아이도 더 예뻐 보입니다.

미운 행동을 해도 덜 밉습니다.

서천석 하루10분, 내 아이를 생각하다 中

일단, 아이 낮잠 잘 때 옆에서 휴대폰 하거나 밀린 집안일 하지 말고 같이 누워 자면서 에너지를 비축해. 오랜만에 책을 읽으면 처음에는 글자 자체가 잘 안 들어와.

눈도 시리고 졸음이 쏟아지거든.. 그러면 그냥 잠들면 돼.

그게 반복되면 졸음이 흥미가 되고 흥미가 습관으로 자리 잡을 거야.

잠깐이 금세 한 시간 되어버리는 스마트폰 헛 질 시간을 줄이기 위해 과감히 쿠*, 위*프 등등 다양한 앱 들도 지워버렸어.

애 잘 때 집안일 해야 된다는 강박도 버려버렸어.

괜히 애 잘 때 설거지 하다가 의도하지 않게 애 깨우고 땅 치며 후회하지 말고 그냥 함께 누워. 누워서 책을 읽든, 명상을 하든, 같이 잠을 자든.. 해야 할 집안일은 잠시 미뤄둬.

아이가 자면 함께 잠깐 스톱해 에너지를 비축하는 것이 엄마의 지혜였어.

몸이 축나 마음까지 곯아있는 엄마라면 더더욱..

처음에 나는 설거지가 쌓여 있어도 죄책감, 거실 꼴이 더러워도 내가 해야 할 일 제대로 못한 것 같은 죄책감이 들었어. 그렇다고 청소를 엄청 잘하거나 정리를 깔끔하게 하는 성격도 아니야. 그러니 이상하지.

왜 그렇게 목숨을 걸었는지 몰라..

그래서 조금씩 내려놨어. 깨끗하지 않더라도, 잘 정리되어 있지 않더라도..괜찮다고 편하게 생각하는 노력을 했어. 집안에서만 하루 종일 아이들과 있는 것이 너무 답답해서 하나둘 약속 잡아 나가던 엄마들 모임도 에너지 충전하느라 나가지 않았어.

에너지를 비축해 놓겠다는 이유 하나였지만 지금 생각해보면 육아로 지친 허한 마음에 갈피 못 잡고 이리저리 휘둘릴 수 있었던 실수를 하지 않은 것 같아 다행이었다는 생각이 들어.

즐거운 마음으로 나갔다가 물 쏟고, 뛰어다니고, 돌아다니고, 잠투정 하는 아이 달래며 먹는 점심 한 끼, 아기 띠로 아이 재우며 홀짝이는 커피한잔의 행복과 맞바꾼 육체피로가 나에게는 너무 힘들게 느껴졌거든. 매일 일찍 퇴근한다는 다른 집 남편의 자상한 육아 이야기를 듣고 돌아오는 길에 괜히 심술이나 일 잘 하고 있는 남편에게 화살을 날리던 두부 같은 멘탈 로는 정신치유가, 에너지 비축이 먼저였고. 정신을 차리고 보니 보이더라.

차라리 커피 한잔 사들고 아이랑 동네 그늘 벤치에서 멍 때리고 앉으며 보냈던 집 근처 산책 시간이 나에겐 더 편했고 기분도 전환될 수 있다는 걸 말이야. 외로운 것 같아 보이지만 엄밀히 따지면 완벽하게 나와 아이가 서로에게 몰입 할 수 있었던 최고의 시간.

하루 버티자는 심정으로 귀찮아 손도 안 대던 영양제를 씹고,

더 이상 내 몸 망가뜨리지 말자며 라면, 인스턴트 음식을 조금씩 멀리 했어.

귀찮아도 일정한 시간 제대로 된 밥을 먹는 것부터가 시작이었어.

아이는 정성스럽게 유기농이다 뭐다 잘 내어주면서 싱겁고, 색 허연 반찬들 보면 시뻘건 음식들이 떠올라서 자꾸 라면을 끓이고 떡볶이를 사고 짬뽕을 배달시키고 닭발을 주문하잖아. 그러다 젖먹이 아이 물똥 싸서 똥꼬 헐면 사과하고.

스트레스 받으니 또 당기고..그런 음식들이..이것도 악순환이더라.

희한한 게 안 먹을 때는 생각이 많이 안 나는데 한 번 먹으면 MSG에 중독이 돼서 그런지 자꾸 그 강한 맛이 생각나더라고. 분명 스트레스 풀린다고 맛있게 먹은 것 같은데 소화도 잘 안되고, 괜히 기분도 안 좋고 말이지.

그것들이 스트레스를 풀어준 게 아니었더라고.

채소 많이 먹으면 순해지고 착해진다는 글을 어디서 보고는 우리 집 식구들은 바로 시작을 했는데 '너님도 상추에 밥 싸서 먹으면 온순해질 수 있어요.'

누군가 희망을 불어넣어주는 것 같았거든.

그래서 억지로라도 쌈 채소, 쌈장 넉넉히 쌓아두고 머슴밥을 먹어 나갔어.

정말 착해지나 보려고.

매일 손 떨며 준비한 나물, 양배추 찜, 그리고 샐러드 야채

우연한 기회에 남편 회사에서 하는 주말농장까지 참여하게 되면서 우리 집은 이제 쌈 채소를 비롯한 고추, 샐러리, 가지 호박 등등 다양한 채소를 소중하게 생각하는 마음을 가지게 됐어. 더불어 아이들의 식습관도 건강하게 자리 잡을 수밖에 없고.

초록 농장에서, 초록 채소를 사랑하게 된 우리 가족

아직 갈 길이 멀지만 사람다운 감정표현이 가능해졌고, 이해의 폭이
넓어졌어.

휴식의 시간과, 일상에서 했던 작은 노력들이 있었기에 가능했다고
봐.

이렇게 얻은 엄마의 활력은 집안의 활력이 되고, 아이들의 웃음이 되
는 거지.

나락으로 떨어질 것 같을 때

너무 우울해서 미칠 것 같을 때는

더 이상 미치지 않게 내가 나를 잘 보듬어 주는 방법뿐이 없더라.

소중한 자투리 시간으로 마음도 수련하고 에너지도 비축하면서,

건강한 음식으로 내 몸 소중하게 아껴가면서 호르몬, 뇌분비계 할 것

없이 이런 가상한 노력들에 발 맞춰 건강한 흐름으로 자기자리 찾아

갈 수 있게 하면 돼.

버틸 수 있는 기분 좋은 에너지 차곡차곡 내 몸 곳간에 잘 저장해두면

서 그렇게 보듬어 주는 거야. 그럼 몸도 절대 배신 안 해.

내가 스트레스를 풀고 있다고 굳게 믿고 있는 것들을 면밀히 점검해

봐.

그럴 필요가 있어.

스트레스가 풀리는 줄 알고 매일 밤 주문했던 야식들이 과연 나의 스

트레스를 해결해 주었는지. 엄마들의 모임에서 함께 수다 떨며 마신

커피와 빵 한 조각으로 내 스트레스가 조금이라도 해결됐는지.

그런 것들이 내 우울감을 날려줄 중요한 것 이라면 그렇게 쭉 이어가

면 되고. 아니라는 생각이 든다면 과감히 노선을 바꿔.

혹시 너무 우울해? 너무 힘들어? 마음의 신호를 캐치한 지금 이 순간

을 감사하게 생각해.

'어라...내가 지금 미치도록 우울하다 이거지... 지금이다!!'

제대로 건강하게 육아하기 위해 밑바탕을 다시 그려 넣고 내 신체리듬

을 다시 맞출 수 있는 소중한 기회가 바로 지금일 수 있어.

가상한 노력으로 감정의 정상궤도에 진입할 수 있는 지혜로운 엄마가,
바로 그대들이길 바라.

좋은 건 함께.

02

늦은 시간 책 읽어주기,
이대로 괜찮은가요?

사람이 말이야.. 낮에는 일하고 밤에는 쉬어야 하는데

엄마라는 존재는 낮에도 애보고, 밤에도 애를 봐야하니 다들 그렇게

몰골이 피폐해져 있는 거야. 야근수당이라도 주면 힘이라도 더 나려

나?

'나무아비타불 관세음보살..부처님 하느님..알라신...저를 또 한 번 미

치지 않게 부탁드려요'

책 이고 끌고 안고 다가오는 아이를 보며 심호흡 크게 하고 마음 단단

히 먹어야 했던 내 모습을 상상하니 웃음이 나오지만 그때는 정말 기

도라도해서 애를 좀 재우고 싶었어.

졸기는 해도 잠은 안자더라.

불 끄면 세상 무너지는 줄 알던 서윤

눕는 게 세상에서 제일 싫던 아윤

저렇게 5분 졸고 일어나서 한 시간을
더 버티던 우리 집 잠 없는 첫 째

좀 재울까 싶어 은은한 조명으로 분위기를 바꿔 놓으면 그 어둑한 불빛이 예쁘다고 잠을 안자고, 불 다 끄고 내가 먼저 누워 잠들면 자겠지..하면 불을 켜라고 일단 울어.

조용해서 잠들었다 싶어 살짝 몸을 일으키면 같이 일어나서 기겁하게 만들어.

다 체념하고 책을 읽어내려 가다 새벽1시쯤.. 또각또각 소리 내며 지나가고 있는 어느 처자의 구두 소리가 들려.

그럼 잠깐 멈추고 그 소리를 감상해.

'내가 좋아하던 소리네..또각또각 아 정말 아름다운 소리다 엉엉 --;'

'회식이었을까..데이트였을까.. 야근일까?..'

지나가는 얼굴도 모르는 처자의 구두소리에 잠깐 정신이 나가서는 이
생각 저 생각 하다보면 서윤이가 다시 내 팔을 흔들어.

"움마 움마 코끼리는 왜 울어요?"

"그러게..? 왜 그럴까..?"

'......나도 가서 묻고 싶다 이것아...'

새벽 2시..3시까지 매일 이 짓을 반복하다보면 밤 낮 바뀐 둘째 아윤
이가 잘 자다가 울며 깨. 그때부터는 뭐..전쟁인거지.

그 시기 잘 견뎌내고 나니 둘 다 밤늦게 엄마가 읽어주는 책 보겠다고
쌍으로 덤비더라.

서윤이는 어린이집을 안다니고 6살에 유치원에 들어가 첫 사회생활을
시작했어.

다른 아이들은 오전에 가서 4시가 넘어 집에 오는데 우리 집 아이들은
나랑 함께하는 놀고, 자고, 먹고, 이 세 가지가 하루의 전부였거든.

그러다보니 잠자는 시간이 늦어도 별 부담이 없었고 일어나는 시간도
자연히 늦어졌어.

그렇게 5년 정도 다 같이 새벽을 불사른 것 같아.

"안돼요! 지금은 자는 시간이에요!!"

"눈 감으세요!!"

"벌써 많이 늦었어요. 눈 감고 이제 그만 말하고.."

"조용~ 아윤이 깬다."

"도대체 왜 안자냐고!!!"

한 놈 자면 남은 한 놈도 따라 자면 얼마나 좋아.

안자겠다고 탈출을 시도하다가 손목이 삐끗해서 기저귀찬 아이가 정형외과에 가서 사진을 찍을 정도였으니 나랑 남편만큼이나 이 아이들도 절대 잠들 수 없다는 의지가 투철했거든.

졸린 표정으로 하품은 또 연신 해대니 희망고문으로 속만 태우고 결국은 내 풀에 나가떨어져 화를 냈던 거지.

정중한 말투가 반말이 되고, 반말이 날선 말투로 변하는 다중인격의 생생한 현장이었어.

그런데 사실 아이가 자고 나서 특별히 뭔가 할 것도 없었어. 그냥 재우고 싶었던 거지.

빨리 벗어나 나 혼자의 시간을 갖고 싶었던 것뿐이었어.

이래도 저래도 피곤한 육아, 아이 한 두 시간 일찍 재우고 널브러져서 드라마를 본다고 해서 그 피곤이 풀리지 않는다는 것도 경험으로 느껴

봤고, 억지로, 찜찜하게 아이를 재우면 내 기분은 몇 배 더 찜찜하다는 것도 경험으로 느껴본지라 졸리지도 않은 애 억지로 데리고 들어가서 열 받아 다시 나오느니 기분 좋게 재워보자.

그렇게 시작한 것 같아 '마음 비우고 늦은 시간 보내기.'

남은 에너지 온 몸으로 탈탈 쏟아버리던 그 시간이 아마 아이들에게 는 움켜쥐고 놓기 싫었던 행복이었을 거야.

밤이 되면 더 흥분하기 시작하던 에너자이저들

그리고 고요한 새벽시간 집안에 있는 책들을 하나하나 읽기 시작했어.

엄밀히 말하면 읽어주기 시작했어.

밤늦은 시각 목 쉰 엄마가 읽어주는 책 소리 무한반복 청취하기가 아이에게는 세상 가장 행복한 일이 되어버렸거든.

낮에는 책으로 징검다리를 만들고, 시장놀이를 하다가 밤이 되면 책을 읽어 달래.

고요한 새벽 분위기 배경음악 삼아 책을 보던 아이들

책장에서 책 한권을 뽑아 와서는 책 내용을 달달 외울 때 까지 반복해서 읽어달라는 통에 그 책 표지만 봐도 욕지기가 올라왔었고, 새로운 책 한질을 집에 들이는 날에는 작정하고 쌓아두고 앉아 나를 불렀어.

"움마 이거 읽어두데요."

아침에 들추어만 보던 박스 책 들을 본격적으로 가지고 오는 거야.

박스를 정리하기도 전에 신나게 뽑아 읽던 새벽 녘 책 읽기

아이는 창작동화로 상상력의 크기를 키워가고, 나는 육아서 옆구리에
달고 다니며 인내하며 보냈던 처절했던 시간.

하루가 이틀이 되고, 책 보는 시간들이 쌓여가면서 아이들에게는 어떤
놀잇감 보다 책이 가장 재미있는 세상으로 자리 잡게 됐어.

그렇게 천천히 꾸준히, 우리의 저녁 책 읽기는 습관으로 자리 잡고 있
었어.

땀 뻘뻘 흘리면서 신나게 에너지를 발산 하는 게 낮이라면,

조용한 시간에 에너지를 차분히 응축할 수 있는 게 밤이야.

신나게 놀 수 있는 발산의 시간을 내어주고

또 집중하고 몰입하며 응축할 수 있는 관용을 베풀어 준다면

그 속에서 아이들은 많은 것들을 느끼고 터득하며 잘 커갈 수 있다고
생각해.

일찍 잠자리에 들어 규칙적인 수면습관을 만들고, 성장 호르몬이 나올 수 있게 돕는 방법이 사실 이론적으로는 모범 답이지만,

어쩌면 이 행복함과 배려를 영양분 삼아 더 잘 성장할 수도 있지 않을까 내심 기대하면서 보낸 우리 집만의 답.

무엇보다 그 고요함 속에 엄마 목소리와 아이 목소리가 서로 오가면서 책의 세상에 빠질 수 있었던 길었던 하루의 끝.

되돌아보면 참 잘했다 싶어.

사실 우리발등 우리가 찍었다고 웃으며 얘기하던 피곤한 시간들 이었지만 다시 아이를 키우더라도 우린 똑같이 했을 것 같아.

지금은 학교를 가야하고 작은 아이도 유치원을 등원해야 해서 잠자는 시간이 예전처럼 터무니없이 늦지는 않지만 놀아 본 내공이 있는 애들이라 자기 전 까지도 정말 신명나게 할 것 다 하고 놀다 쓰러지더라.

온 에너지 불사르며 놀아재끼니 잠도 숙면이야.

그러지 자동으로 키도 쑥쑥 크고 건강해.

불만 없이 잠드니 즐거움과 행복한 기운이 감돌아.

놀고 졸린 눈 비비며 악착같이 버텨봤던 3살 4살 때의 지구력으로 두꺼운 책도 읽고, 지치지 않고 학교도 다니고, 몇 시간 내리 친구들과 뛰어 놀기도 하며 하루를 보낼 수 있는 힘을 키운 것 이라 믿어. 아니, 믿고 싶어.

즐거운 하루의 내공은 새벽까지 버텨본 집중의 시간들

어른 말이니까 무조건 들어! 라고 강압 하지 않고,

아직 잠자기 싫다는 아이의 말을 묵살 하지 않고 공감하며 키우고 싶

은 마음.

완전한 인격체로 존중해주고 싶었던 마음. 그 마음 하나였어.

만약 그 때 억지로 아이를 재웠더라면

이렇게 이야기할 추억 하나를 놓쳤겠지.

책 한권씩 들고 흠뻑 빠져있는

내 아이의 모습을 보면

몰입한다는 것은 아름다움이야

새벽녘 우리의 모습이 오버랩 돼.

재우려고만 하지 않아서

참 다행이란 생각이 들어.

걱정하지 마. 새벽까지 실컷 버텨도

잘 크고, 잘 먹고, 건강하게 수면습관 들면서 커나가더라.

"내 아이가 정답이야."

좋은 건 함께.

03

기다려 준다는 것은
완벽한 존중이야

처음 마주한 내 아이는 목도 못 가누는 벌거벗은 아기 새 같았어.

입체초음파만 생각하며 맞이한 아이는 너무 쭈글쭈글 했어.

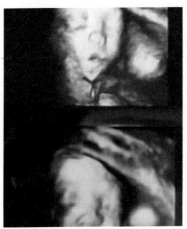

세상 제일 예쁜 뱃속 아가

생각보다 너무 작던 아이..어떻게 안아야 되는지, 불편한건 아닌지, 주름 때문에 제대로 보이지도 않던 얼굴에서 아이의 표정을 읽어내느라 허둥지둥 했었어.

젖은 어떻게 안고 먹여야 하는지, 목욕은 어떻게 시키는 건지, 기저귀는 어떻게 갈아주고 또 트림은 어떻게 시키는 건지.. 하나부터 열까지 모든 것이 낯설었던 시간이었어.

하지만 미숙하던 내 모습을 바라보며 누구하나 질책하지 않았고, 시간이 지나면 다 익숙해진다고 등을 토닥여 주었어. 그리고 작은 내 아이도 참 대견하게 엄마를 기다려줬어.

처음이기에 어설프고 부족한 것이라고 이해를 받으니까 조금씩 용기가 생기더라.

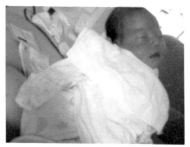

목도 못 가누던 첫째, 둘째 나의 보석들

기다려준다는 그 묵묵함.

그것은 생각보다 큰 힘을 가지고 있어.

독촉하지 않고 따뜻하게 바라봐주는 눈빛.

실수를 질책하지 않고 격려해 주는 응원의 말 한마디.

다음번에 더 잘 할 수 있을 것이라는 믿음의 토닥임.

앞으로 나아갈 수 있게 해주는 힘을 주는 것들은 대단한 게 아니라 이렇게 진심으로 배려하고 믿어주는 마음, 바로 이런 것들이었어.

내 아이들이 아빠와 엄마에게서 그런 따뜻한 믿음을 받으며 마음에 용기를 쌓아갔으면 좋겠어. 하지만 이 또한 시작은 쉽지 않더라.

'괜찮아 천천히 해. 기다려줄게.'

분명 입으로는 그렇게 내뱉었는데 막상 그런 모습을 바라보고 있으면 심장박동수가 빨라지고 왠지 내가 빨리 개입 돼서 아이를 조종해야만 할 것 같은 거야.

보기만 해도 정신없는 상황을 일 단락시키고 싶은 그런 마음 이었을 거야 아마.

오죽하면 불뚝 이는 성격, 급하게 처리해야 직성이 풀리는 그 성격 여유롭게 만들려고, '느림, 천천히, 여유.' 이런 단어로 책 검색해서 주구장창 읽으며 명상을 했을까.

기다려주고, 바라봐줘라 이 말 사실 별거 아닌 것 같잖아.

해봐. 그런 말이 나오나.

머리에서는 결재가 떨어졌는데 마음에서는 진행이 잘 안되거든.

모호한 한계선 때문에 머리와 가슴이 따로 놀아 당황스럽거든.

다음 단계의 도전을 할 용기는 그 전단계의 성공이 있어야 가능해.

그 좋아하는 블록놀이, 그림그리기, 읽기독립, 필사, 낭독, 숙제, 친구 관계 등 다방면의 성공을 위해 기다림은 필수였고, 아이가 스스로 문제를 해결해나간 경험은 중요한 밑바탕이었어.

흥미를 느끼는 순간 아이가 몰입할 수 있게 옆에서 분위기 맞춰주면 아이는 뭐든 스스로 멋지게 해냈어.

어느 날, 학교에서 돌아온 서윤이가 수학 문제집 한권을 사달래.

선행학습 많이 되어있던 친구들 사이에서 속도가 조금 부족하다고 느꼈는지 집에서 한번 풀어봐야 될 것 같다고 말하더라.

늘 걱정과 두려움보다 즐거움과 호기심이 더 큰 서윤이

그리고는 묻고, 풀고, 이해하며 수학에 재미를 붙여나갔어.

부족함을 스스로 느끼고 그걸 채워나가기 위해 노력하는 이 자세 하나면 됐다 싶어.

결과만큼 중요한 것은 노력하는 과정, 안되더라도 포기하지 않고 실행할 수 있는 집념.

이거면 됐다. 잘 크고 있는 거다 싶어.

조용히 내 아이를 바라봐 준다는 것은 엄마가 해줄 수 있는 최고의 배려이자, 최대로 줄 수 있는 응원이야.

아이의 자존감과 자주성을 지켜 주기위해, 하루 수십 번 발광하며 내뿜는 창의성의 씨앗을 짓밟아 죽이지 않기 위해 내어줄 수 있는 엄청난 선물.

그리고 너무나 부족하고 어설펐던 엄마 잘 기다려준 고마운 내 아이에 대한 보답 이었고.

편하게 '기다려주기' 위해서는 내 작은 아이가 실수할 것이라는 것을 겸허히 받아들일 여유가 필요해.

엉망이 될 것이라는 명백한 사실을 인정할 용기가 필요하고,

겁 없는 작은 아이의 도전가 정신을 높이 평가할 수 있는 리더 로서의 자질도 필요하고,

내 아이의 창의성을 위해, 건강한 성장을 위해 꼭 거쳐야하는 훌륭한 과정이라는 것을 캐치하는 통찰력도 필요해.

그야말로 요새 바람이 불고 있는 '인문학'을 제대로 배울 수 있는 일련의 일상들이었지.

육아는 수련의 과정이다.

이번 생에서는 그 진리 하나 깨달은 것만으로도 나에게 상을 내려주고 싶어.

기다려주면
뭐든 즐겁게 몰입하던
아이들

나도 처음에는 몰랐어.

한 가지 신나게 어지르며 놀다가 다른 쪽으로 가서 다른 판을 벌려놓는 아이에게 잔소리를 늘어놓기만 했지 그 과정이 창의성의 가지치기란 생각을 알지 못했으니까.

책으로 탑을 쌓고 시장놀이를 하고 징검다리를 만들며 놀다 친숙함과 흥미를 기초삼아 결국 독서로 이어지게 되리라고 생각하지 못했으니까.

하면할수록 더러워지는 설거지가 누군가를 도와줄 수 있는 마음을 가지게 하는 첫걸음이라고는 생각하지 못했거든.

한 권 한 권 읽다보니 일상 속 나의 고민에 대한 해답이 여기저기 널려 있었어.

책이 알려주더라.

'댁의 아이는 있는 그대로 대단한 생명체에요.'

'많이 말하지 않아도 스스로 다 알아가는 중이라오...'

탐닉하며 알아가는 아이들의 멋진 하루.

묵묵히 기다리며 바라봐주는 것, 이게 답이었어.

좋은 건 함께.

04

군중심리, 그것만 벗어던져도
가볍게 갈 수 있어.

아이엄마가 되면 고독함이라는 묘한 감정을 경험하게 돼.

그래서 나도 모르게 자꾸 나갈 거리를 만들어.

함께 가야 덜 외로울 것 같거든.

아이 낳고 커진다는 불안감도 엄마라면 다들 경험했을 거야.

내 아이를 다른 아이들 틈에 섞여 놓지 않으면 내 아이만 제대로 못 자

랄 것 같은 불안감.

다른 엄마들 하는 것 나만 안하고 있으면 뒤처질 것 같은 불안함.

동네모임, 조리원동기모임, 태교문화센터 모임, 아이 문화센터 모임.

다양한 명목으로 모임에 참여하는 이유도 사실 엄마의 고독함과 불안

함을 희석시키기 위해서 아닐까.

그래 나갈 수 있지. 만남의 자체가 나쁘다는 게 아니야.

함께 위로받고 소소한 일상을 공유하면서 정을 쌓는 것 좋은데 말이야.

문제는 내 줏대가 확실히 서있지 않고 다양한 모임에 나가다보면 얻게 되는 정보들을 필터링하기 어렵다는 거야.

다양한 모임에 참석하더라도 인생에 대한 줏대, 아이 교육에 대한 줏대를 확실히 만들어 놓고 나가야 하는 이유가 바로 이거야.

다른 사람 인생이 더 잘나 보이고, 다른 집 아이가 더 똑똑해 보이고, 나 빼고 다른 사람은 다 잘나가고 행복한 것 같은 상대적 박탈감이라는 것을 한껏 느끼고 오지 않으려면 책으로 마음 단련시키는 게 모임보다 우선시 되어야 해.

안 그러면 충분히 행복한 내 삶이 갑자기 구질 거려 보이고

충분히 잘 하고 있는 내 남편이 미워 보이고

이미 충분히 잘 자라는 고마운 내 자식에게 불안함이 생기게 되거든.

그야말로 잘 뜸 들던 밥에 재를 뿌리는 거거든.

나와 인연이 될 사람들은 언제든 진한 인연으로 만나고 인생을 함께 나아가게 되더라.

그 진한 인연들 멋지게 만날 생각으로 책 읽으며 나를 살펴보고 더 성장시키면서 정말 어른다운 어른으로 변하면 돼. 내가 멋져지면 나와 비슷한 인생관을 가진 사람들이 하나 둘 모이게 되어있어. 그래서 불안하다고 여기저기서 에너지 쏟기 이전에 내가 크는 게 먼저야.

외톨이가 되지는 않을까, 빠지면 나만 소외되는 것 아닐까 조급해 하지 마.

국민학습지다, 이건 다~~~한다더라, 이건 다 있다더라 하는 것들을 청개구리 마음으로 거부해버린 나는 무쏘의 뿔처럼 혼자서 가는 인생을 추구했어.

오해는 마. 그렇다고 사회성이 부족한 사람은 아니야.

사실 초반엔 국민~ 국민 나도 신나게 좇으면서 사고, 시키고, 입히고 했었어.

다 샀다던 전집도, 이정도 입어줘야 태가 난다 길래 유명한 브랜드 옷들도 하나씩 꼭 사서 들고 왔었고, 물병이며 베개며 '국민' 자가 들어가면 나도 장착해야 하는 줄 알았어.

나만 빼고 다 하고 있던 한글 학습지는 나만 지금까지 몰랐었다면서 부랴부랴 급하게 등록하기도 했어.

책 읽어주고, 스티커를 단어에 붙여주고 놀잇감으로 놀아주는 15분 남짓 학습지 선생님과 서윤이의 모습을 멀찍이서 바라보다가 남편과 눈이 마주쳤어.

아마 같은 생각을 했었던 것 같아.

'아무리 내 자식 가르치는 게 세상에서 가장 어려운 것이라고 해도 15분 정도의 이 노력은 해볼 만하지 않을까.'

'하루 많은 양은 아니더라도 책 한 권만큼은 학습지 선생님처럼 정성

다해 읽어줄 수 있지 않을까.'

그렇게 슬쩍 군중에 휩쓸려, 실망하며 발 뺐던 경험은 다양한 선택을
하게 될 순간에 다시 곱씹어 볼 경험이 되었고, 교훈이 됐어.
학습지 하나 없이 자란 서윤이 아윤이 두 아이는 모두 장난감, 종이,
책읽기, 일상 속에서 한글을 뗐어. 알파벳이며 한글이며 자연스럽게
책과 놀이로 노출했을 뿐이었지만 즐겁게 습득해 나갔어.
자음 모음 따로 배우지도 않았지만 한글을 관찰하다 자음과 모음의 원
리를 발견하고 나에게 설명해 주기도 했고, 영어 책 만들기도 하면서
뭐든 천천히 익혀나갔어.

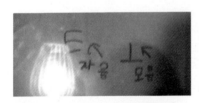

한글도 영어도 재미있게 놀며 하나하나 익혀나가던 서윤이

수리 셈이며 수학 학습지 하나 하지 않았지만 원할 때 한 장씩 재미있게 수학으로 놀았고 콩으로 엄마와 놀던 덧셈, 뺄셈처럼 곱셈도 엄마랑 동생이랑 놀며 재미있게 습득해나갔어.

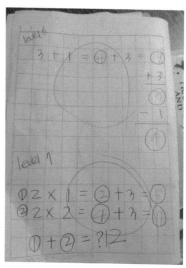

수학도 놀이처럼

쓰기학원 대신 필사를 놀이처럼 했고,

미술학원 대신 집에서 언제든지 물감을 접하며

그렇게 즐겁게 보낼 수 있었던 시간.

일정한 시간에 쫓기지 않았기 때문에 가능한 것들이었고

또 남들과 비교하지 않았기 때문에 유지할 수 있었던 소소한 일상의

방법들 이었어.

집에서 수시로 하는 모든 것이 사실 공부이던 아이

많이 시키는 만큼 내 아이가 똑똑해 지는 것도 아니었고

많이 사주는 만큼 내 아이가 풍족한 마음을 지닐 수 있는 것도 아니었

어.

내가 지출하는 가격과 아이에 대한 사랑이 비례하지 않는 다는 결론을

내고, 내가 나가는 모임으로 정보력을 업그레이드 시킬 수 있는 것은

아니라는 확신이 생기면 가볍게 갈 수 있어.

하루가 다르게 커나가는 아이의 눈빛과, 행동을 더 면밀하게 관찰하면서 말이지.

기준점이 나와 아이가 되면 조금 더 편안한 마음으로 하루를 음미하며 보낼 수 있어.

24개월 때 한글 학습지를 시작하지 않는다고 내 아이의 인생이 무너지는 것도 아니잖아.

한글 조금 늦으면 어때.

문화센터 수업, 창의 수업 안 듣는 다고 내 아이가 덜 자라는 것은 아니거든.

비싼 옷 입히지 않는다고 내가 아이를 덜 사랑하는 것은 아니거든.

유치원 친구들은 다 자기 이름 쓰고 숙제도 척척 해 가는데 내 아이만 버벅거리는 것 같아 불안할 수 있어.

괜찮아. 시간이 지나면 다 읽고 말하고 쓰고 해.

부끄러움 많고 쭈뼛거리는 내 아이, 사회성 길러준다고 문화센터 수업 전전하지 않아도 격려와 응원 속에서 자란 아이들은 때가 되면 알아서 씩씩하게 어울리며 잘 자라.

친구들과의 잦은 만남, 수업을 통한 사회성 개선, 일주일 한 번 한글 학습지..

이런 노력보다 내 아이의 마음을 더 관찰하고 부족한 부분 채워주려는 엄마의 노력이 사실 더 필요한 노력일거야.

10명이 모여 이야기 한다고 해도 10명의 인생이 다 같을 수 없듯이

아이들이라고 해서 다 같은 속도와 방법으로 커나가지는 않아.

그래서 우리 집 만의 분위기, 내 아이에 맞는 교육법, 인생을 바라보는

나만의 지향점을 늘 생각해야 하는 것이고.

혼자 다른 길을 간다는 것은 '틀림' 이 아닌 '다름' 이라고 알려주던 책

들의 글귀가.

비교 하는 삶이 나를 가장 불행하게 만드는 요인이라는 고전의 문구

가.

천천히 가도 괜찮다는 책 속 육아 선배들의 위로 섞인 한마디가 나를

붙잡았어.

학원을 안 보내는 나.

모임에 안 나가는 나.

성적과, 아이의 아웃풋에 인생을 걸지 않는 나. 괜찮아.

많은 사람들이 가는 길로 함께 가지 않는다고 걱정 하지 마.

남들과 다른 길로 가서 남들은 보지 못한 보물들을 발견할 기회는

군중에 휩쓸리지 않는 그대만이 찾을 수 있는 유일한 보물이 될 거야.

'대개 인간의 연구란

자기를 연구하는 것이다.

천지든, 산천이든, 일월 이든, 성신 이든 모두 자기의 다른 이름에 지나지
않는 것이다.

나쓰메소세카ー나는 고양이로소이다 中

용기와 고독이 동반된, ' 휩쓸리지 않는 육아 '에 함께할 수 있는 그대
들이길.
고독하게 엄마인 나를 탐구해보는 즐거움을 만끽해보길 바라.

좋은 건 함께.

PART **03**

제 3 장

엄마의 성장

우린 지금 아이와
함께 크는 중인거야

01

이제야 보이는 '엄마'의 마음

우리 엄마는 딸 셋 엄마야.

살벌한 시집살이에, 딸까지 셋이나 줄줄이 낳았으니 그때만 해도 엄마를 바라보는 시선은 '측은함', '원망'이었던 것 같아.

외롭게 홀로 진통을 하고, 아이를 낳아 키운 엄마의 외로움이 어땠을지 이제야 느껴져.

산후조리 한 번을 제대로 못해 더 아프고 지쳤던 몸으로 아이 셋 이끌고 병원이며 시장이며 뚜벅뚜벅 다녔을 엄마의 고단함이 이제야 보여.

사진 속 엄마는 왜 예쁘지 않은 옷을 입고 있냐고 묻는 어린 딸의 말에 그저 웃어 보이던 엄마의 표정이 이제야 속상해.

임신중독증으로 막내 임신하며 온몸이 퉁퉁 부어서 걷기도 힘들 때 주방에서 밥을 하던 엄마의 책임감이 이제야 고마워.

엄마도 참 많이 외롭고 힘들고 두려웠을 거야.

엄마의 찬란한 20대 후반을, 흘러가는 30대 인생을 곱씹으며 처절히 고민했을 거야.

지금의 나처럼..

엄마와 나, 지아, 지수

엄마는 우리들이 어릴 때 사진으로 자주 가족들의 옛 추억을 보여주고, 들려주셨어.

내가 어릴 때 돌아가신 외할머니 사진을 보여주시며 당신의 엄마를 추억하기도 했고, 엄마가 직장동료들과 찍은 사진을 보고서는 엄마가 하던 일이나 회사 분위기를 들려주셨어.

나는 사진을 볼 때마다 사진 속 엄마가 적응 안 되는 거야.

그래서 철딱서니 없이 엄마한테 이해 안 된다는 듯이 말을 했었어.

"엄마 이때처럼 좀 꾸며~난 절대 푹 퍼진 아줌마가 되지 않을 거야."

....말이야..막걸리야...

아이에게 해가 될까 화장을 못한다는 것도,

화장을 하고 멋을 내도 특별히 나갈 곳이 없다는 걸 그때 알기나 했었겠냐만 여하튼 늘 펑퍼짐한 원피스 치마를 입은 엄마의 모습이 아니라 단발머리 너무나 예쁜 학생의 모습, S라인의 섹시한 모습, 유행하는 높은 구두며 예쁜 옷들을 입은 사진속의 엄마와 지금 내 옆의 엄마는 완벽하게 다르던 두 사람 이었어.

엄마는 학생 때 전교생 대표로 웅변을 할 정도로 당찼고 회사 대표로 연설을 할 정도로 직장에서도 인정받던 직원이었어.

아이를 낳고 자연스럽게 경력이 단절됐고 또 당연하게 '엄마' 라고 불리며 살았던 거야.

그 시간 속에서 포기하고 싶지 않은 것들을 얼마나 고민하며 또 처절하게 선택하며 받아들였을까..

엄마는 당연히 집에 있어야 하는 존재라고 생각했었던 나는 엄마라는 존재는 가족이 집에 오면 반겨주고, 비오는 날 깜빡하고 안가지고 간 우산을 들고 기다려줄 수 있는 사람이라고 생각했어. 먹고 싶다는 음식을 뚝딱 만들어주고, 놀러오는 친구들에게 공간과 간식을 내어주고, 아플 때 가족을 위해 바쁘게 움직이는 사람, 내 근처 가장 가까이에 늘 존재해야하는 당연한 존재로 생각했었던 거야.

그래서 엄마의 옛 추억 이야기를 공감하지 못했었나봐.

너무 어렸다고 합리화시키기에 철없던 행동 하나하나가 마음에 사무쳐.

엄마는 우리와 늘 열심히 놀아주셨고, 늘 열심히 요리를 했고, 늘 열심히 친구들을 초대해 맞아주셨고, 예고 없이 들이닥치는 남편 회사동료의 술상도 참 열심히 차렸고, 늘 열심히 우리에게 편지를 써 주셨고, 늘 열심히 교육에 힘 쓰셨고.. 참 열심히 사셨어.

아이를 키우며 문득 드는 외로움, 고단함, 벗어나고 싶은 마음..그리고 꿈을 위해 노력하던 모습들.. 엄마라고 왜 생각나지 않았겠어.

나보다 어린 나이에 결혼해 세 아이의 엄마로 치열하게 살았을 엄마를 찬찬히 되짚어보면 엄마가 서있는 그 곳에서 늘 최선을 다해 살았던 거야.

좋은 엄마가 되기 위해 부단히 노력하면서 말이지.

엄마에게는 처절한 노력이었을 그 시간, 힘든 상황에 마음 약해지지

않으려고 또 아이들과 함께 성장하려고 악착같이 하루하루 보냈었을
거야.

피곤에 쩌들어 있는 딸의 모습이 못내 맘에 걸리셨는지..
아이들에게 날 서있는 딸의 날카로움에 마음이 쓰이셨는지..
"지은아 여자한테 가장 찬란한 순간은 아이 키우며 보낸 청춘이야.
그 때는 힘들어서 그 사랑스러움을 완벽하게 즐기지 못하는데 그게 엄
마 참 아쉽더라. 지금 순간을 즐겁게 즐겨. 너에게도 애들에게도 위대
한 시간이야"
말하시더라.

서서 밥을 후다닥 말아 먹는 나에게
"앉아서 천천히 먹어 서서먹지 말고"
무릎을 쪼그리고 앉아 있는 나에게
"무릎 그렇게 앉지 마~나이 들어서 얼마나 고생하려고"
인스턴트로 한 끼 대충 때우려는 나에게
"먹는 음식이 곧 너다! 잘 챙겨먹어 좋은 걸로."
다 늘어난 옷을 입고 아이들 돌보는 나에게
"괜찮은 옷 하나 사 입어라 아껴줘 너를"
말하셔.

엄마도 그랬으면서 내 자식은 더 자신을 아끼며 살아갔으면 하는..
조금 덜 힘들고 더 많이 행복하게 살았으면 하는 그런 마음이 아이 엄
마가 되어보니 뭔지 알겠어.
버스를 타고 아이와 나가던 길, 그때 문득 들던 생각을 블로그에 담아
놨었어.

-조금 달라 보이던 것들-

아기 띠하고 가는 아가 엄마의 느릿한 걸음이 다시보이고
내리막길 넘어질까 천천히 내려가는 등이 굽은 할머니의 뒷모습이
다시 보이고
엄마 손 잡고 가는 아이의 표정들이 다시 보이고
상가 정리하는 중년 아저씨의 권태로운 모습 속 굵게 파인 주름이
다시보이고
자동차 속 함께 있는 가족들이 다시 보이고
엄마 팔짱 끼고 천천히 걷는 딸의 생동감이 다시 보이고
다 큰 아들이 시장 봉지 하나들고 좁은 거리를 두고 엄마와 걷는 묵묵
함도 다시보이고
버스를 운전하는 표정 없는 가장의 얼굴 속 책임감이 다시보이고
화장기 없이 거뭇거뭇한 아가 엄마들의 피곤한 얼굴이 다시보이고

피곤한 얼굴이지만 내 아이와 눈 마주 칠 땐 웃어주는

엄마의 예쁨이 다시 보이고

도로 안쪽으로 아이를 세우고 바깥쪽에서 아이를 보호하며 걷는 가족

의 모습도 다시보이고..

내 얼굴 쓰다듬기 바빠서

내 인생만 소중한줄 알며 살던 나는

모두다

누군가의 가장이자 아빠

누군가의 아내이자 엄마

누군가의 소중한 딸 아들

누군가의 할머니 할아버지

누군가의 손자라는 걸.

결혼을 하고 아이를 키우며

그제야 보게 된다.

몰입육아달인, 아이들이 만드는 전시회 中

내가 경험했을 때 비로소 보이고 느껴지던 공감의 마음.

더 일찍 알았더라면 힘들던 엄마 마음 조금이라도 토닥여 줄 수 있지

않았을까.

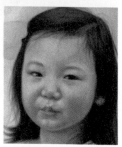

아름다운 엄마의 작품들

뒤늦게 시작한 운전도, 뒤늦게 시작한 수영도, 뒤늦게 시작한 미술도
엄마는 늘 겁 없이 도전하고, 그 자리에서 최선을 다해가며 계속 성장

해 나가는 중이셔.

힘들 때는 좌절하고 포기 하는 게 아니라 아름다운 그림으로 마음을 재정비하는 것이라고, 새로운 도전으로 어두운 마음에 활력을 불어 넣는 것이라고,

몰입하는 즐거움으로 이겨내는 거라는 것을 알려주셔.

멋지게 마음을 다듬으면 그만큼 아름다운 인생이 되는 것임을 느낄 수 있게 늘 본보기가 되 주셔. 존재 자체로 늘 힘이 되지만 나에게는 참 대단한 엄마, 그리고 아이들에게는 멋진 할머니야.

6년 내리 독박육아에 몸을 내던지고 둘째 아이까지 유치원으로 등원을 한 첫날.

혼자 보내는 시간이 절실하던 나는 수업 하나를 들으러 도서관으로 향했어.

일주일 한번 목요일 아침 10시, 아이들을 보내고 수업을 들으러 가는 딸의 가벼운 발걸음을 바라보던 엄마의 미소를 잊을 수 없어.

'지은아, 너의 시간을 아끼고 사랑해주는 지혜로운 엄마가 되길 바라' 그렇게 말해주는 것 같았어.

세 아이를 키우느라 일상에 찌들어 하지 못했던 엄마의 꿈들을 그냥 버려두지 않고 잘 간직했다가 하나하나 이뤄나가는 엄마를 보면서 '엄마' 라는 뭉클한 단어를 또 한 번 응원하게 돼.

그런 엄마의 모습을 보며 나 역시 마음 속 작은 열정들을 보듬어 나가

는 중인지 모르겠어.

고민하고 힘들고 피곤하고 어려워도 열심히 버티며 하루하루 정성 쏟다보면 내 아이들도 언젠가 나의 20대를 30대를 조금은 이해하고 공감하는 그런 날이 오겠지.

시간이 참 빠르다는 어른들의 말을 이제 내가 조금씩 하고 있다니..

정말 시간 참 빨라..

소중하게 보내자. 소중하게 생각하며.

좋은 건 함께.

02

책, 필사, 새로운 꿈,
내가 성장해야 하는 분명한 이유

아이의 성장을 위해 보내는 엄마의 하루 24시간 중 나의 성장을 위해
서는 어느 정도의 시간을 투자해?

하루 10분만이라도, 하루 단 한 장이라도 책을 읽으면서 나를 위한 성
장의 시간을 가져야 해.

엄마이지만 내 이름을 잊지 않아야 하고, 엄마이지만 마음 속 열정이
시들지 않게 자주 돌보고 아껴줘야 해.

이렇게 열심히 내가 성장해야 하는 분명한 이유는 단 하나,

나와 아이가 함께 멋진 인생을 나아갈 수 있는 유일한 방법이기 때문
이야.

'왜 그런지에 대해 확실히 아는 사람은

어떤 것도 참고 견딜 수 있다.'

니체

나를 위한 음악도 좋고, 어학공부도 좋고, 독서, 명상, 운동 다 좋지만 가장 부담 없이 시작할 수 있는 것은 독서야.

책을 읽고, 필사하면서 나만의 시간을 조금씩 만들어 가보는 거야.

내 인생이 아이를 잘 키우기 위해서만 존재하는 인생이 아니라는 것을 잠시 일깨우고 또 나를 보며 자라날 아이를 위해 열심히 내 자신을 돌봐야 함을 되새기는 시간을 가져보는 거야.

'왜 그런지에 대해 확실히 아는 사람은 어떤 것도 참고 견딜 수 있다'는 니체의 말처럼 내가 지금 노력해야 하는 이유를 생각해보면 견디는 힘이 생기게 되거든.

인내의 근육이 생기고 노력의 힘줄이 더 강해지게 되거든.

한 끗 차이인 엄마와 학부모, 둘 중 한쪽으로 치우쳐 무게중심을 잃지 않으려면 엄마인 내가 중심 잡고 현명하게 서있을 수 있어야 하는데 그 중심을 잡기 위해서 가장 중요한 게 내면의 힘, inner peace거든.

그것들을 기를 수 있는 최고의 방법이 독서야.

많은 돈을 들이고, 장소를 이동하지 않아도 틈 날 때 마다 편하게 넘기며 눈으로 훑을 수 있는 것, 그 편리한 접근에 비해 얻어낼 수 있는 게 갑절이나 많은 것.

책 말고 가능 한 게 또 있을까.

책과 친구가 되기 전, 그러니까 내 인생에 대해 진지하게 고민하기 전의 나는 말이지 하루살이처럼 하루하루 간신히 버티던 나약한 엄마였어.

엄마가 되고 일을 그만둔 순간 내 인생이 끝난 줄 알았어.

그 무섭다는 출산 후 더 두렵던 경력단절여성이라는 꼬리표까지 달고 서는 어떻게 나아가야 하나 길이 안보이더라고. 새로운 꿈을 마음에 품는 다는 것은 이제 불가능한 일인 줄 알았어.

어느 날 정신 나간 사람처럼 아이를 혼냈는데 서윤이가 울다가 쪼그려 잠이 들었어. 너무 울어 퉁퉁 부은 눈으로 뺨에는 아직 마르지도 않은 눈물을 닦지도 못하고 그렇게 훌쩍이며 잠이 들어 있더라.

그제야 정신이 번쩍 났어.

'27살 차이나는 이 아이와 내가 왜 이렇게 울고 소리 지르며 싸우고 있는 것인가.'

늦게까지 야근하면서 늘 힘들고 피곤할 남편이라는 것을 뻔히 알면서도 아이와 보내는 내 하루가 더 힘든 일상이라며 의미 없는 비교를 하고 가끔 두 다리 부여잡고 울고 있는 아이들을 어떻게 해야 할지 몰라 나도 같이 울고 내일은 절대 그러지 않겠다는 다짐만 수백 번.

어떻게 달라져야 할지 그 시작이 참 어렵더라.

내가 찾은 나만의 시작은 바로 육아서 한권이었고, 필사였어.

육아서 한권 속 한 글자 한 글자들이 나를 토닥여주는 손길이었고

심리학책 속 한줄 한 줄이 나에게는 효과 좋은 약 처방이었고

철학책 속 한 문장 한 문장은 길을 잃지 않게 도와주는 등대가 되어 주었거든.

책들이 나를 붙잡아주고 살려줬어.

그래서 아이들과 손잡고 매일 집 근처 서점에서 책을 봤고,

도서관으로 나들이를 다녔고

주말, 온 가족과 당연하게 들르던 서점

가방 속 아이들의 책과 내 책을 당연한 필수품으로 생각하며 보냈어.

제2의 집이었던 아이들의 도서관

어디서든 책과 함께 녹아들던 아이들

" 별거 한 건 없는 것 같은데 오늘 하루도 다 갔다."

하루 종일 분명 정신없이 동분서주 했는데 눈에 보이는 뚜렷한 결과물은 없으니 어둑해지면 허탈한 기분이 들지?

아이가 편안하게 잠 들 수 있는 잠자리, 뽀송하고 깨끗한 옷, 잠든 아이 근처 몇 시간 읽어 준 책 들, 건강한 먹을거리, 거실 가득 널브러져 있는 아이들과 함께한 흔적들..

모두 다 엄마의 분주함이 있었기에 가능한 것들이었어.

스스로 대견하다고 토닥여주고, 난 참 괜찮은 엄마라고 어깨 펴고 앉아 조용한 거실에서 책 한 장을 읽는 거야. 책을 읽다 눈물이 날 정도로 공감이 되고 잊지 않고 싶은 부분이 생기면 학생이 된 기분으로 볼펜을 잡고 필사를 하는 거야.

그 고요함에 한번 빠지면 아무리 피곤해도 책을 펴.

그 책의 다음 부분이 궁금해서 수시로 책을 들추고, 마음이 흔들리는 순간 근처 책을 잡고 들춰.

그렇게 시작하는 거였어.

나에게는 만병통치약이 되어주었던 책

엄마라는 이름으로 책을 읽다보니 예전에는 미처 느끼지 못했던 감정들까지 총 동원될 때가 있었어. 중학교 3학년 때 엄마에게 선물 받은 세계문학 전집 60권을 아이를 낳고 한 권 한권 다시 읽기 시작했는데 예전에 읽었었을 때와 차원이 다른 느낌이었어.

아이의 부모가 되어 문장 한 줄 한 줄 행간을 느끼다보니 그 속에서 사색할 거리들을 찾게 되더라. 또 나이가 들어가면서 시선의 폭, 경험의 폭도 넓어지게 되니 책 읽는 재미가 가미 될 수 밖에.

그렇게 치열하게 읽고, 깊게 생각하고, 필사하면서 나의 인생을 곱씹고 가꾸려는 노력이 제대로 된 성장을 위한 시간이었어.

아이와 함께하는 정신없는 와중에 나를 놓지 않으려는 이 치열한 노력을 해 나가다 보면 합당한 보상을 받게 돼.

'아이들의 독서습관'

'공부하는 엄마, 존경받는 엄마'

'새로운 꿈을 이룰 수 있는 기회'

마음이 평화로워 지면 어둡던 마음에도 빛 이라는 게 들어와.

똑같은 일도 다르게 바라볼 수 있는 여유라는 게 생겨나.

'가당치도 않을 것' 같던 것들이 '가능할 수 있겠다' 는 희망으로 새롭게 다가오고 잠시 잊고 살던 '열정' 이 꿈틀거리기 시작해.

그러면 아마 생각할거야.

내가 좋아하는 일, 내가 잘 할 수 있는 일, 내가 이루고 싶은 일..그게 뭐더라..고민하게 될 거야.

새로운 마음으로 하루를 재정비하고 계획을 세우다보면 어느새 작은 꿈들 하나하나를 이루는 성취감도 맛볼 수 있어.

그 신기한 기분은 경험한 사람만이 알아.

그러니 속는 셈 치고 일단 책을 읽어. 그리고 마음이 어지러울 때는 필사를 하면서 손을 정신없게 만들어.

입까지 정신없게 낭독하는 것도 좋은 방법이야.

마음을 단련시키기 위해 '책'이라는 매개체가 내 가까이에 존재 한다는 사실만 잊지 않으면 돼.

자투리 시간을 활용하고 휴대폰과 텔레비전 드라마를 조금씩 포기해.

잘 읽히지 않더라도 한 줄 한 줄 읽기 연습하는 어린아이 마음으로 책을 대해.

그러다보면 친해질 수 있어 누구나.

내가 먼저 괜찮은 사람이 되어야 아이도 잘 자랄 수 있는 거였어.

아이를 잘 키우려면 잘 키울 수 있는 넓고 깊은 내면의 엄마가 되는 게 먼저였고,

건강한 음식을 먹는 아이를 바란다면 내가 먼저 건강한 음식과 가까이 하는 엄마가 되는 게 먼저였고,

책을 많이 읽는 아이로 커주기를 바란다면 책을 가까이 하는 엄마가

되는 게 먼저였어.

서윤이를 5살 말까지 어린이집 안보내고 집에서 키웠던 이유.

새벽까지 아이들에게 단내 나도록 책을 읽어준 이유.

피곤하지만 그래도 늘 나가던 저녁 산책의 이유.

틈날 때 마다 읽는 고전, 책, 그리고 필사의 이유.

여유로운 시간을 중요하게 생각하는 이유.

아이들의 의견을 존중해주려는 이유.

"괜찮다. 다시 해보자. 잘할 수 있어. 용기를 내" 말하는 이유.

1등보다는 자신 있게 나아가는 당찬 너이길 바라는 이유.

한번 실패했다고 좌절하기보다 끈기로 인내로 수없이 도전하길 바라는 이유.

매일 비슷한 반찬이지만 조미료 없이 내어주는 집 밥에 의미를 부여하는 이유.

잠들기 전 부비며 여전히 함께 책 읽는 이 당연한 분위기의 이유....

반드시 변화해야하는 이유를 강력하게 이해하고 나면,

지난 몇 년 동안 시도해도 잘 안 되었던 변화를

순간적으로 만들어 낼 수 있다.

네 안에 잠든 거인을 깨워라 中

책과, 필사를 시작한 나의 작은 성장은 아이들의 성장으로 이어졌고
그렇게 좋은 습관 유지하면서 우리는 여유롭게 하루를 유영하는 중.
내가 성장해야 하는 분명한 이유를 찾아.
그리고 우리 안에 잠든 거인을 일깨우면 돼.

좋은 건 함께.

03

늦은 시간 책 읽어주기,
이대로 괜찮은가요?

취업준비생들의 면접대비 스피치 강의를 가보면 자연스럽게 나의 20
대가 떠올라.

본인들은 아마 지금이 세상 제일 힘든 고난의 시간이겠지만 그 시기를
겪어본 인생선배들은 누구나 나처럼 말할 거야.

'그나저나 참 좋을 때다.'

나와 같은 꿈을 꾸며 20대 열정을 불사른 아진이도, 대학교 교정 벤치
에서 눈처럼 흩날리던 벚꽃 함께 맞던 예원이도 엄마가 되었어.

아이들 때문에 자주 만나지를 못하니 한 번 만나는 것도 계획을 세우
고, 남편과의 일정을 조율하고, 아이를 맡기면서 큰 마음먹고 어렵게
만나거든.

서로 얼굴을 바라보면 오만가지 감정이 폭포수처럼 쏟아져 나와.

할 말은 너무 많은데 뭐부터 시작해야 할까 고민스러울 정도로 뜸하게 만나게 된 우리.

모두 아이 엄마가 되어서 만나면 자연스럽게 아이들 이야기로 시작하게 되지만 우리들의 20대, 꿈을 위해 함께 노력하던 시간은 빼놓지 않게 되더라.

잠시 아이를 두고 오랜만에 여자로 되돌아가고 싶어 한껏 멋을 내고 나온 서로의 모습에 피식 웃음이 나기도 하고 매니큐어 하나 없이 짧게 손질된 손톱을 보면서 우리가 아이의 엄마라는 사실을 서로 깨닫기도 해.

지나고나니 찬란했고, 되돌아갈 수 없어서 더 소중한.

'잘하는 것'이 곧 재능이라고 생각했는데 생각해보니 재능이라는 것은 하다보면 늘어나는 것이었고, 또 한 번 곱씹어보니 인내로 버티면 누구나 얻을 수 있는 거였어.

'인내'로 인한 얻음. 그게 바로 '재능'이더라.

육아에 '육'자도 모르던 우리가 모두 육아라는 재능을 발견하게 된 것은 그 자리에서 묵묵히 잘 버티고 있었기 때문이야.

힘들어도 포기하지 않고 다음날을 기약하며 더 힘을 낸 깡다구가 있었기 때문이었어.

하지만 이렇게 묵묵히 하루를 보내다가도 문득 혼란스러울 때가 와.

잠깐 확인해 본 SNS속 다른 집들을 보다가 문득.

우연히 본 여행 간 가족사진에 문득. 그래서 아이 엄마들은 무조건 SNS를 하면 안 돼.

SNS 속 화려한 사진 대신 소박한 갱지 종이, 책을 가까이 해야 해.

아이를 키우면 정신 줄 부여잡기가 쉽지 않아서 책이라도 꼭 부여잡고 살아야 한다고 했잖아 내가. 두부 멘탈일 때는 사람이 소리 없이 뭉개질 수 있는 거더라고.

나도 멍 때리며 보던 다른 사람 여행사진 한 장, 친구의 커리어 우먼 회사생활 사진을 보며 울적해하고, 괜히 날 서 있고 그랬어.

나는 애 낳고 거실에서 방 닦고 있는데 결혼 안한 친구는 멋진 인생을 살아가는 것 같지?

걱정 마. 애 낳으면 개도 쟤도 다 겪는 육아전쟁이야.

먼저 경험하고 훌훌 털며 졸업한다고 기분 좋게 생각해.

둘째를 낳은 지 조금 지났을 때었나 보다.

큰 아이와 종일 집에 있으며 두 아이를 돌보다보니 잠깐 앉아있을 여유의 시간조차 없었어.

시간이 맞아 둘 다 잠이든 천국의 시간이 오면 가끔 보고 싶은 친구에게 전화를 걸었어.

보고 싶다고 말하려 전화를 했는데 결국 불안함과 피곤함을 들켜버리

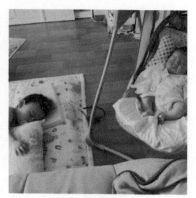

둘 다 깨어있는 지옥   둘 다 잠든 천국

던 나에게 언제나 시원스럽게 해 주던 말.

"걱정 마, 언제든지 마음만 먹으면 다시 뭐든 할 수 있어."

"아~무 걱정 하지 마. 충분히 뭐든 할 수 있어."

"대단해. 장하다. 멋져."

"할 수 있어." 라는 그 말에 울컥해 아기 띠에 매달린 아윤이를 보며
울었던 기억이나.

아이들 앞에서 벗어나고 싶은 마음이 들킨 것 같아 미안했고, 또 늘 흔
쾌히 내어주던 긍정의 대답들이 고마웠나봐.

엄마라면, 여자라면 누구나 한번쯤 하게 되는 그 릴레이 고민.

' 나...이대로 괜찮을까..'

아이를 돌보면서 순간순간 훅훅 들어오는 그 생각

'나...이렇게 늙는 거야...?'

그 고민의 시간을 경험한 나는 누군가 나에게 전화를 걸어 푸념 아닌 푸념을 늘어놓으면 진심으로 대답해줘.

내가 경험해 보니 정말 지나가더라고.

언제든지 마음만 먹으면 원하는 건 뭐든 할 수 있다고.

지금 아이를 돌보는 너의 모습 자체가 너무 멋지고 훌륭하다고

예전보다 더 멋진 인생2막이 시작될 것이라고..

내가 그때 받았던 희망의 한줄기를 친구들도 얻었을까?

제대로 된 성공은 남들이 인정해주는 직업을 갖는 것이라고 막연하게 생각하던 나의 20대, 그래서 그때 나는 그 과정 마다 여러 변수가 생길 수 있다는 것을 받아들이지 못했고 내가 전부라고 알고 있던 길보다 어쩌면 다른 길이 생각보다 더 빠른 길이 될 수도 있다는 것을 인정하지 않았어.

한 번에 날아올라 한 번에 착지를 해야만 성공한 인생이라고 생각했어.

멈춘다는 것은 포기하는 것이라 생각했어.

한 번에 날아올라 한 번에 완벽하게 착지하기가 어디 쉽나..

떨어져도 보고, 걸려 넘어져도 보고 거의 다 도착해서 막판에 엉덩방아도 찧어 보는 과정 자체가 나를 성장 시키는 시간 이라는 걸 20대,

패기 넘치던 그 시간에는 못 봤던 거지.

유치원에서 나이테를 그려본 서윤이가 나에게, 엄마는 나이테가 몇 개 있냐고 물어봐.

나무도 시간이 지나면 안으로 나이테가 생기고 밀도가 더 해지는데, 인간인 우리도 안으로 뭔가 더 밀도 있게 채워지고 있는 중 아닐까 싶었어.

시간이 지나면서 피부가 벗겨지기도 하고 상처도 나있을지언정 안으로는 촘촘하게 한 줄 한줄 경험들이 영글어 쌓이는 중이라고 생각하니 뭔가 든든하더라.

엄마가 되고 경력까지 단절되고 나면 문득 여자들은 그런 생각을 해.

'나 대학 왜 나왔나.'

'나 이렇게 종일 놀이터에서 그네 밀어 줄라고 죽을 똥 싸며 취업 준비 한 거지..'

뭔가에 열정을 쏟던 내 모습이 그립기도 하고, 또 너무 부질없어 보이기도 하면서 마음이 복잡해져. 그 감정은 누구나 겪는 당연한 과정이더라.

힘들지만, 참 어렵지만 분명한 한 가지는 나를 단련시키는 시간이 바로 육아라는 것.

육아라는 재능을 발견하면서 인생의 깊이가 깊어질 수 있다는 거야.

시간은 흘러가고 소소한 고민들은 어떻게든 다 해결되고 또 새로운 고민들과 맞닥뜨리며 가는 게 인생이고, 또한 육아다 싶어.

아이들의 이야기를 블로그에 기록하는 순간 우리는 작가가 될 수 있고 아이들에게 요리를 만들어주면서 푸드스타일리스트가 되고, 요리사가 되고 좁은 집 어떻게든 깔끔하게 해보려고 인테리어 디자이너도 되고,

아이들에게 뭔가 가르치는 선생님이 되기도 하고,

아이의 교육에 힘쓰는 교육가며,

아이와 동네 쓰레기를 주워 버리며 환경운동가가 되고,

동요를 함께 열창하며 가수가 되기도 하고,

아이들의 마음을 보듬는 심리학자가 되기도 하는 거였어.

이렇게 다양한 분야에서 능력을 발휘할 수 있는 시간이 바로 육아였어.

인내하고 해내가면서 여러 분야의 재능을 키울 수 있는 게 육아였다고.

내가 이뤄낸 소중한 꿈을 버린 것이 아니라, 내 꿈을 잃은 것이 아니라 또 다른 꿈을 하나하나 이뤄가는 중이라고 생각해야 되는 것이 바로 우리들의 육아야.

그리고 그 중 내가 잘 할 수 있는 것, 하고 싶은 것들이 무엇인지 고민하며 추려나가면 돼.

육아기간동안 생각하지도 못했던 내 능력을 발견하고 잠재력을 확인하는 시간이라고 생각하며 매진하면 정말 생각지도 못했던 새로운 꿈

을 꾸고 준비하게 될 거야.

블로그에 하루하루 글을 쓰면서 난 언젠가 '작가 최지은'으로서 또 다른 길을 개척하겠다는 다짐을 했었어. 아이들에게 동화책을 읽어주면서 생각했어. '예전 경력을 바탕으로 다른 사람들에게 정확하게 읽고, 말하는 방법을 알려주는 일을 해봐야겠다.'

그렇게 작가가, 강사가 되어가고 있었던 거야.

육아는 직업이야. 버티고 즐기다보면 자연스럽게 재능이 샘솟는 직업.

법적으로도 아무런 문제없이 투 잡 쓰리 잡 포 잡까지 뛸 수 있는 유일한 직업군.

버티면서 육아의 재능 치를 많이 키워놔. 다 쓸모가 있더라.

좋은 건 함께.

04

엄마라고 어떻게 다 잘해

잘 하려고 하면 할수록 뭔가 이상하게 일이 꼬여버리는걸 보면 인생의
진리는 참으로 간단해. 우선, 욕심을 버리는 것이 먼저야.

아직 성장할 길이 먼~ 내 마음은 조그마한데 그 작은 마음에 이것저
것 다 쑤셔 넣어 가득 채우려고 하면 마음에 탈이 나게 되어있어.

마음이 체하면 소화제도 못 먹어. 후유증도 오래가고.

육아는 체력전이기도 하지만 '마음 챙김' 이 우선이라고 누군가 말 하
더라.

영양제를 먹고 뭐라도 힘나는 것 먹으면서 체력은 비축한다 하더라도,

마음 챙김이 무너지면 끝나는 게 정말 육아야.

요리, 보육, 교육, 정리, 감정 돌봄..

사실 엄마라고 어떻게 다 잘해..

그러니 '나는 좋은 엄마 맞다', '나는 잘하고 있다', '나는 충분히 요리를 잘 한다.'

일부러라도 긍정적인 말로 나를 토닥이면서 가야 하는 게 육아야.

다 잘하는 완벽한 엄마는 존재하지 않아.

모든 것을 다 잘 할 수 없다는 전제를 깔고 가야 건강한 마음으로 즐겁게 임할 수 있었던 것이 바로 육아였다고.

아기 띠를 하고 아침 산책을 하던 나에게, 저녁을 먹이고 유모차를 밀며 저녁 산책을 나가던 나에게는 워킹 맘들이 먼저 보였어.

'나도 나가고 싶다. 나도 일하고 싶다'

육아에 지쳐서 그런 마음이 더 간절했는지는 모르겠지만 홀가분하게 나만 생각하던 그 시절로 돌아가고 싶었던 것 같아. 무언가 일을 하고 능력을 인정받던 그 때가 그리웠던 것 같아.

아이 둘을 키우면서도 내가 있을 곳은 좁아터진 이 집이 아니라는 생각을 하고,

아이 둘 딸린 아줌마가 마음은 대학생 이었으니 당연히 마음이 힘들었을 수밖에.

인정할 것을 인정하지 않으면 사람이 괴로워지는데 돌아갈 수 없는 과거를 붙잡고 타령하고 있었으니..벗어날 수 없는 현실을 부정하고 있었으니 마음도 몸도 아파질 수밖에.

마음 챙김이 무너지자 나도 한없이 무너져 내려 버리더라.

그때 내 기분은 뭐랄까..

집에서 아이를 키우는 것은 시대와 맞지 않는 모습인 것만 같았고,

고집스럽게 어린이 집 조차 안 보내며 독박육아에 온몸을 불사르는 내

모습을 보면서 나만 뒤쳐진 것 같은 기분이었거든.

원하는 대로 안아주고, 밀어주고, 함께하려고 노력했지만

불쑥 불쑥 벗어나고 싶다는 생각을 하느라 진심으로 아이를 대하지 못

한 시간도 있는 것 같아 사진을 보다보면 미안한 마음이 함께 들어.

집에서 아이만 키우는 전업주부라는 이름이 불명예스럽게 느껴지던

어느 날, 이른 저녁을 먹고 아이와 저녁 산책을 나왔어.

웃고 있었지만, 사실 벗어나고도 싶던 엄마

옆으로 한 여자가 또각또각 구두 소리 내며 정신없이 뛰어가는 거야.

치마 허리위로 블라우스 한쪽이 다 나와 있는 것도 모르고 정말 정신

없이 뛰더라.

뭔 큰일이 있나 싶어 얼떨결에 지켜보게 됐어.

머리가 산발이 될 정도로 정신없이 달려 어린이집에 늦게까지 혼자 있

었을 아이를 데리러 가는 길이었나봐.

'맞아 퇴근하고 집으로 오면 이 시간쯤 되겠다..' 이런저런 생각을 하

며 근처 벤치에서 아이들과 요구르트 하나씩 빨며 앉아있는데 아까 정

신없이 뛰어가던 그 엄마가 그제야 산발된 머리를 매만지면서 아이 손을 잡고 계단을 내려오는 거야.

"우리아기 배고프지 엄마 많이 보고 싶었지. 혼자 있어서 싫었지..기다리게 해서 미안해. 엄마가 너무 늦게 와서 미안해~"

늦게 오고 싶었겠어..안 보고 싶었겠냐고..

최대한 빨리 끝내려고 수십 번 시계를 힐끔거렸을 모습이 훤히 보이고, 오는 내내 시간을 계속 확인하며 마음이 바빴을 엄마의 모습이 내 눈에도 훤히 보이는데..

혼자 기다리고 있을 아이가 눈에 밟혀 미안하고 속상한 맘이 훤히 보여 나도 모르게 감정이입이 되었나봐.

주책스럽게 벤치에서 눈물을 쏟았어.

나는 나대로, 또 누군가는 그 누군가대로..

누구나 다 견뎌내며 묵묵히 나아갈 수밖에 없는 작은 돌덩이 하나씩은 마음에 달고 사는구나 싶어 내심 위로가 되더라.

그리고 여유로운 산책길, 지금의 우리 모습이 누군가에는 너무나 원하는 하루일과일수도 있겠다는 생각이 그제야 들었어.

아이가 아플 때 온전히 그 아이 옆에서 돌봐줄 수 있다는 것이,

서두르지 않고 주방에서 가족을 위한 음식을 내어줄 수 있다는 것이,

아이가 원할 때, 아이의 컨디션에 따라 하루 유동적으로 계획 세워 보낼 수 있다는 것이,

매일 아침 일정한 시간 출근하는 긴장감 없이 늦잠 잘 수 있다는 것이
누군가에는 절실할 수 있는 거였어.

40도가 넘는 열이 나던 아이들,
그리고 그 옆의 엄마

매일 나가던 놀이터에서 아이들과, 옆 엄마

아이들 얼굴을 찬찬히 들여다봤지.
'완벽한 엄마는 아니더라도 너희들이 부를 때 바로 달려갈 엄마는 되
어줄 수 있어'
100점 엄마를 버리고 100번 아이들과 부비고 놀아줄 수 있는 그런 엄
마가 되자 생각하니 한결 마음이 편해지더라.
엄마라고 어떻게 다 잘해..그러니 정확한 기준도 없는 점수에 죽어라
목숨 걸 필요 없어.
엄마 표 멋진 교구를 뚝딱 못 만들더라도,
속도가 느려 늘 저녁시간이 늦어지더라도,
친구보다 좁은 아파트에 살더라도,

제 4 장

우리 집만이
가질 수 있는 그 특별한
분위기를 만들어봐

———

아이들이 만드는 전시회,
그리고 책

01

우리 집만이 가지고 있는
분위기는 뭘까?

나는 벽면 가득 높은 책장 안에 가지런히 줄 세워 꽂혀져있는 책들을 볼 때 그렇게 좋더라.

특유의 책 냄새도 너무 좋지만 종이가득 빽빽한 글자들도, 종이책만이 가지고 있는 뭔가 아날로그적인 느낌도 그렇고 책이 많은 공간에 들어서면 마음이 포근해지는 것 같아.

그래서 도서관에 가는 것을 좋아하고, 서점가는 것이 행복해. 잡지를 뒤져서 도서관처럼 꾸며놓은 집 어디 없나 염탐하기도 하고 신문 칼럼을 읽고 조용히 생각해보기도 해.

우리 집에 들어서면 가장 먼저 눈에 보이고 많은 것이 벽면 가득 붙어있는 아이들의 그림들과 책이야.

종이 냄새로 가득한 우리 집 분위기가 그래서 좀 묘해. 처음 현관문을 열고 들어오는 사람들은 '헉' 하고 놀라기도 해.

들어가자마자 책장 두 개에 책이 가득 차있고 거실을 둘러봐도 좁은 공간 책과 그림으로 가득해있으니 여기가 도서관인지 미술관인지 모르겠다며 웃고들 하셔.

누가 보면 이 사람 인테리어에 '인' 자도 모르는 사람 이고만 생각할 수 있는 딱 그런 분위기.

나는 이 분위기가 곧 우리 집의 하루라고 생각해.

아이들의 하루, 우리 집만의 분위기.

아이들을 기록하기 위해 시작했던 내 블로그 이름은 '아이들이 만드는 전시회' 인데 말 그대로 아이들이 주최하는 전시회라는 의미로 만든 이름이야.

나는 집이라는 장소만 대관 해주고 그 안을 꾸미는 주인공은 아이들인거지.

아이들 각자가 자기만의 주체적인 생각으로 많은 추억을 만들어나갔으면 하는, 그런 바람이었던 것 같아.

난 그래서 주인공이 최고의 컨디션으로 삶을 이끌 수 있도록 주인공(아이들)의 기분을 체크해주고, 감정을 읽어주고 ,필요한 순간 도움을 주기 위해 동분서주 하는 조력자역할을 담당하고 있어.

오래된 아파트 작은 전시장에서 아이들은 미술 전시회를, 때로는 한글 전시를 열기도 하고, 머릿속에 가득한 생각 들을 꺼내놓기도 하면서 여전히 변화무쌍한 하루를 보내는 중이야. 벽에 과감하게 해댄 낙서, 종이접기 했던 색종이, 그림들을 보다보면 아이들의 성장이 고스란히 보여.

아이들이 즐겁게 보낸 시간의 흔적들이라고만 생각했었는데 함께 벽에 붙이며 주고받던 칭찬과 격려의 말들을 통해 아이들은 자신감을 얻어나갔던 것 같아.
나 역시 아이의 발달과정을 더 세심하게 관찰할 수 있었고.
"대단하다.", "사랑해.", "선물 고마워." 아이들에게 더 적극적인 자세로 사랑을 표현할 수도 있었으니 꽤나 좋은 인테리어 방법 이었어.
몸통만 있던 사람이 사람답게 변했고, 멋진 자연을 표현할 수 있을 만큼 크고 있었어.

점점 달라지던 아이들의 그림

서윤이의 바다

아윤이의 가을

하루 수십 장 그림을 그리며 수십 개의 꿈을 새로 갖기도 해. 디자이너
도 되고 싶었었나봐.

되고 싶은 것이 참 많던 아이들

집안 곳곳에 책을 놓았던 이유는 간단해.

언제 어디서든 손만 뻗으면 책이 있는 곳에서 읽고 생각하는 아이로 자라나길 바라기 때문이었는데 정말 그런 바람대로 될 수밖에 없었어. 놀다가 책이 발에 밟히니 무심결에 들고 보게 되고, 자러 들어갔다가 책이 보이니 한권 뽑은 게 두 권 세권이 되고, 화장실에 볼일 보러 들어가는 길 앞에 떡하니 보이는 책이 갑자기 재미있어 보여 뽑아 들고 들어가고, 현관에서 신발 신다가 바로 옆에 보이는 책 한권 뽑아 읽어 외출 시간 10분이 지체되고, 주방에 설거지하는 엄마 보러 왔다가 책이 눈에 보이니 얼떨결에 뽑아 읽다 놀게 됐고.

거실, 방 곳곳, 주방까지 벽면은 다 책으로 가득 넣어놨으니 안 볼 수가 없었을 거야.

도서관 거실

도서관 화장실 앞

도서관 안방

도서관 주방

도서관 현관

침대머리에는 바구니를 넣어 그 속에 책을 담아줬고, 책장이 들어가지 않는 부분도 사이즈 별로 바구니를 사서 배열해줬더니 그걸로 시장놀이 며 도서관놀이며 놀다, 보다 잘 이어가더라. 사실 이걸 노린 거거든 난.

공기처럼 당연한 삶의 일부, 책 읽기.

즐겁게 시작하고 몰입할 수 있는 책 읽는 환경.

마음이 부자 되는 책읽기.

놀다 자연스럽게 손이 가던 집안 곳곳의 책장, 책 바구니

분위기가 도서관 같으니 나 역시 나도 모르게 책을 읽고, 얼떨결에 공부를 시작해.

도서관에 온 것 같은 기분으로 새로운 공부를 시작했고, 책을 읽었고, 필사를 하며 새로운 내 꿈을 키웠어.

비싼 장난감 보다 아이와 함께 그리는 스케치북 그림 한 장이,

일주일 한번 문화센터보다 아이와 하는 점토놀이가,

비싼 구연동화 CD보다 엄마의 목소리로 읽어주는 책 한권이,

휴대폰 속 뽀로로와 텔레비전 속 코코몽 보다 그림 속 잔잔한 그림들이 아이들의 내면을 더 성장시킬 수 있어.

인터넷 카페에 고민을 올려 댓글로 위안을 삼는 것 보다, 조용한 곳에서 책 한권 읽으면서 그 속에서 해답을 찾고, 보석 같은 글귀 정성스럽게 써서 잘 보이는 곳곳에 붙여놓는 것이 더 현명한 방법이야.

그 믿음 하나로 묵묵히 우리 집만의 분위기, 아이들의 전시회를 일궈온 것 같아.

서윤이 친구들은 우리 집을 도서관이라고 불러. 행복한 도서관.

어떤 브랜드의 가구를 들일지..

아이 방에는 어떤 색의 벽지를 발라줄 것인지, 어떤 교구를 채워줄 것인지, 북유럽풍인지.. 엔틱 인지...모던인지...물론 중요하지만, 그것보다 더 중요한건 우리 가족이 '나아갈' 분위기.

우리가족만이 가지고 있는 '우리가족만의' 분위기야.

그 분위기를 잘 정하고 끈기 있게 밀고 나가면 돼.

피아노 배우면 집에서 함께 친다고 친정에서 무겁게 들고 온 커다란 원목 피아노.

애벌레 같은 손으로 뚱땅거리던 서윤이가 이렇게 커서 나에게 피아노 노래까지 들려주니 요새는 음악회를 누리는 호사도 부리며 지내고 있어.

어쩌면 육아는 '나' 였던 세상의 중심을 내가 아닌 아이들에게 돌리는

음악 전시회 중인 내 아이

겸손함을 배우는 과정일지 모르겠어.

행복을 주려고 하다가 망치지 말자 우리.

아이들은 이미 행복해 지는 법을 알고 있어.

'나 때문에 너희들이 이만큼 컸다가 아니라

너희 덕분에 엄마도 이렇게 성장할 수 있었다.'

육아는 이 사실을 깨닫게 해주는 시간인 게 분명해.

좋은 건 함께.

02

책만 읽는 바보는 없어

"책만 읽는 아이가 좋은 건 아니잖아요."

"큰 책장, 높은 책장에 가득한 책들은 아이에게 심리적 억압을 줄 수 있다던데."

"책만 읽는 아이는 사회성이 좀 부족할 것 같아요."

책 안 읽는 바보는 있어도, 책만 읽는 바보는 없어.

아이가 책에 흠뻑 취할 수 있는 건 행운이라고 생각해 난.

아무리 책이 많은 집이라고 해도 아이가 하루 종일 책만 바라보며 생활하지는 않아.

사실을 말하면 80 놀아야 20 책을 봐.

놀고 나서 에너지가 방전될 때 즈음 책으로 손을 뻗치는 거야.

그래서 엄마들은 일단 열심히 놀 수 있게 그대로 두면 돼.

자기 전 들고 오는 책만 감사히 생각하고 읽어 줘 버릇해도 독서습관
은 자연히 자리 잡거든.

"오늘은 두 권 만이야!!" 이 얘기만 안하면 된다고.

아이들은 그냥 잘 놀게 태어난 생명체였어.

봄, 여름, 가을, 겨울. 봄이면 봄대로, 여름이면 여름대로, 가을이면 가
을대로 또 겨울이면 겨울대로... 계절마다 계절답!게! 참 잘 놀았어.

계절마다 어김없이 에너지 불사르던 에너자이저들

저렇게 온 몸 불사르면서 노는데 일찍 잠들지도 않아..

밤에는 엄마 도와준다고 절대 끝나지 않는 옷 정리를 시작해.

거실 혼자 전세내고 인형으로 장판을 깔아.

서윤이 아윤이의 신나는 시간, 즉 난장판

반나절의 산책과 쉽게 끝나지 않는 놀이터 강행군, 온 우주 개미집은 다 관찰할 기세로 구멍 찾아다니던 서윤이 아윤이 꽁무니 쫓아 다니기 릴레이, 온몸도 모자라 사방에 개벽을 해놓던 더럽고 또 더럽던 물감놀이,

우주를 탐색 중이던 아이 들

여러 놀이들로 하루를 재미있게 놀았던 아이들이지만 그 좁은 틈새마다 늘 책이 교묘히 스며들어 있었어.

작정하고 책으로 노는 건 아닌데 놀다보니 책으로 시장놀이도 하고 있고, 도서관놀이도 하고 있고, 책 속 이야기 따라하며 역할놀이도 하고 연기도 해보며 책 하나로 다양한 놀이를 연결해 나가던 하루.

실컷 놀고 와서 뒹굴 거리다 보니 발에 걸려 슬쩍 읽게 된 책 한권.

졸음이 쏟아질 때 엄마에게 가지고와 품에 안겨 듣는 동화책.

그렇게 하루 중 찰나의 책 읽는 시간들이 쌓여 독서습관으로 자리 잡아 가는 거였어.

책 안 읽는 바보는 있어도 책만 읽는 바보는 있을 수가 없더라.

에너지의 '발산' 과 독서의 '응축' 을 반복하는 과정 속에서 아이들은 통합적인 교육을 자연스럽게 습득 하게 돼.

'책과, 놀이'. '공부와, 자유 시간' 이 나누어진 이분법적인 하루가 아니라 많은 부분이 자연스럽게 융합 된 하루.

잘 뭉쳐진 하나의 털 뭉치처럼 멈추지 않고 굴러가는 아이들의 하루를 열심히 뒷받침 해주면, 즐겁게 놀고 배우기도 하고 또 다른 아이디어를 만들어내기도 하면서 보내.

창의력, 추진력, 주도성, 실행력, 집중력 이 모든 것들을 고루 발전시킬 수 있더라.

'그 책과 놀이' 의 하루만으로도 말이지.

오래된 친구, 봄이 네가 놀러오면 다섯 아이들이 우루루 몰려다니면서
아이디어를 내고 재활용품으로 뭔가를 만들기도 하면서
의논하고 조율해.
늘 새로운 놀이를 만들어내고, 그 속에서 또 다른 놀이를 재탄생 시키
면서 시간 가는 줄 모르고 재미있게 노는데 그 사이사이
늘 책이 공존해.
놀다 읽고, 읽다 놀면서..

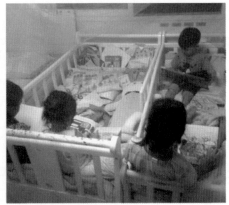

놀다, 읽다 반복하던 아이들의 신기한 모습

아이들의 일사불란한 움직임을 개입하지 않고 바라봐주기만 해도 아
이들은 주어진 시간 알차게 보내.

다~놀고 에너지가 방전될 때 즈음 차분한 마음이 들 때,

혹은 졸음이 몰려올 때 우리 집 애들은 언제나 책장 근처로 갔어.

졸려 워 하품을 시작하는 그때부터 본격적으로 책읽기가 시작되는 거야.

아마도 조용하게 책 속에 빠져서 엄마 목소리 자장가 삼아 편히 쉴 시간이 그 책 읽는 시간이었던 것 같아.

졸려 운데 밀려오는 잠을 이길 만큼 재미있고 듣고 싶은 이야기가 가득한 게 바로 책 읽기였나봐.

그렇게 늦은 시간까지 남은 에너지 탈탈 털어 소진시키고 나서야 아이들은 책 읽어주는 엄마 옆에서 잠이 들었고, 혼자 책을 읽게 된 후에도 바로 곯아떨어질 만큼 졸음이 쏟아져야 불을 끄고 그제야 책을 덮었어. 아이들에게 책장 속 책들은 찰나의 순간을 더 살찌게 해주는 값진 보물들이었어.

충분한 에너지 발산, 충만한 지적 채움 더불어 충분한 엄마의 사랑.

24시간 주구 장~창 책만 읽는 아이가 과연 있을까?

아이들은 놀고 읽고 먹고 쉬고를 현명하게 잘 해.

자기 컨디션 스스로 조절하며 졸릴 때 자고, 배고플 때 먹고, 놀고 싶을 때 온몸 불사르며 놀며 말이지.

읽고 싶은 순간 책을 뽑아 올 수 있는 자연스러운 분위기만 뒷받침 해

주면 돼.

거실의 도서관화, 안방의 도서관화, 주방의 도서관화, 현관 앞의 도서관 앞을 부르짖으며 고집스럽게 책을 생활화하기 위해 노력한 작은 노력들.

근본적인 이유는

창작동화 책 속 아름다운 그림으로 감수성을 키우고,

엄마의 목소리로 바른 언어적 능력을 배우고,

다양한 이야기들로 상상력을 자라게 하고,

책 읽는 순간 몰입하는 즐거움으로 집중력을 경험하고,

새로운 것을 탐험해나가는 학습태도를 익힐 수 있는 가장 좋은 방법,

그 방법이 바로 독서라고 확신했기 때문이야.

서윤이 아윤이는 동화책 속 그림이 너무 예뻐 따라 그리다가 얼떨결에 미술 실력도 늘었고, 수많은 성격과 감정이 녹아들어있는 다양한 책들 읽어 내려가면서 자연스럽게 사회성, 배려, 우정, 사랑, 가족애 등 다양한 미덕을 간접 경험하며 자랄 수 있었어.

책을 읽으며 많은 것들을 다양한 각도로 생각해본 경험치가 있는 아이들은 자연히 마음이 넓고 강해지게 되어있어.

간접적 체험을 그만큼 많이 하면서 단련 되는 거거든.

예상하지 못한 순간이 와도 이겨낼 깜냥이 생겨서 친구들과의 갈등상황도 지혜롭게 대처할 수 있고, 처음 경험하는 것들을 융통성 있게 생

각하고, 담대하게 행동할 수 있어.

보이지 않게 차곡차곡 쌓여가는 독서내공의 마일리지가 이런 거 아닐까.

아이가 원하는 만큼 충분히 놀 수 있게, 충분히 읽어주면 되는 거더라.

서윤이는 학교에 입학했고 아윤이는 6살이 되었어.

내 평생 끝나지 않을 것 같아 두려웠던 늦은 밤 책 읽어주기.

서윤이는 내가 읽어주는 속도가 답답해 혼자 읽고, 아윤이도 한글을 제법 익혀 조금씩 혼자 책을 읽어가는 중이야.

여전히 책보다 낮 시간 열심히 에너지를 불사르며 놀지만 중간 중간 책이 스며든 하루를 보내고 있어.

문화센터와 엄마들의 모임, 아이들의 교우관계를 위한 숱한 모임들이 아이들의 사회성을 키워 주는 게 아니야.

엄마의 품, 우리만의 공간, 그리고 책.

오가는 사랑과 배려와 공감과 위로와 격려와 응원의 말들로 아이들의 마음은 소리 없이 강해지고 있는 거지. 오늘도 신나게 놀게 그냥 둬. 신나게 읽게 그냥 둬. 그래야 하더라.

좋은 건 함께.

03

모든 아이는 '감성의 뇌'를 가졌다

태어난 지 얼마 되지 않은 아이를 향해 활짝 웃으면 매끈한 잇몸을 자
기도 보여주며 웃었어. 그게 너무 귀엽고 신기했거든.

내가 웃으면 아이가 나를 따라 웃고,

내가 화난 표정을 지어보면 금세 아이 얼굴에 웃음기가 사라졌어.

단순히 표정을 따라 하는 게 아니라 내 감정도 같이 느끼고 있는 것 같
아 일부러 더 밝게 이야기 해주고, 웃어주고, 아름다운 이야기를 해주
려고 노력했던 기억이 나.

아이를 '관찰'하고, 서로의 감정을 '교감'하며 보냈던 하루 대부분의
시간.

그 시간을 통해 아이와 나는 단단한 애착관계를 형성했고, 더불어 아
이들의 감성의 뇌도 열심히 발달하고 있었을 거야.

이성보다 감성이 앞선 아빠, 엄마랑 함께 시간을 보낸 덕에 서윤이 아윤이는 소소한 것에도 많은 의미를 부여하며 하루하루를 보냈어.

계절마다 스케치북을 들고 나가 자연을 음미하는 여유로움을 즐겼고

미술 혼을 불태우던 집 앞 공터

내 아이를 닮은 사랑스러운 토끼풀도 그냥 지나치지 못해서

반지를 만들어 사랑을 표현하면서 우리들 나름대로의 의미를 부여하던 시간들.

계절의 아름다움을 함께한 우리

가방 속 살짝 넣어준 새 노트에 짧은 응원의 메시지로 아이들의 행복을 바라고, 도시락 속 작은 쪽지로 기분 좋은 식사시간을 바라고,

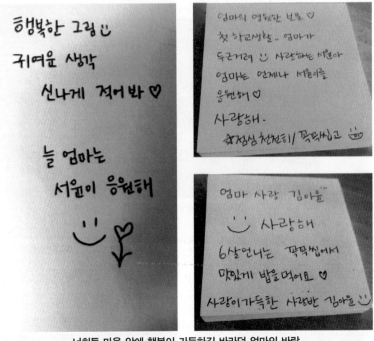

너희들 마음 안에 행복이 가득하길 바라던 엄마의 바람

늘 따뜻한 눈빛, 사랑의 마음으로 아이를 바라보기 위해 공부하고 노력하며 보낸 시간들..

사랑한다. 사랑한다. 또 사랑한다.

매 순간 느껴지던 감격스럽고 행복했던 마음, 또 반성의 마음을 잊지 않으려 기록하고 또 기록하며 보낸 육아의 시간이자, 아이들의 다양한 감성을 존중해주기 위한 노력의 시간이었어.

대학 시절 신경생물학이라는 과목에서 들었던 것에 의하면 우리의 뇌는 우리의 환경에 의해 지속적으로 강화, 또는 퇴화된다는 거야.

신경세포, 즉 뉴런과 뉴런이 만나는 미세한 간극의 시냅스라는 것이 형성되는데 이 시냅스를 통해서 뉴런과 뉴런 사이에 신호가 전달돼.

이 시냅스가 많고 촘촘할수록 뉴런사이의 정보연결이 활발해지게 되는데 이 시냅스는 수많은 자극으로 인해 생성되기 때문에 아이가 경험하는 새로운 모든 것들, 듣고 만지고 느끼는 감각의 모든 부분이 시냅스 생성에 중요한 부분이 요소가 될 수밖에 없는 것이고.

출생 후 3세 무렵까지 시냅스 생성의 절정기라고 하니 미리 언급했던 눈칫밥 3년은 뇌를 발달시켜 줄 너무나 중요한 시기인거더라고.

시냅스를 발달시키기 위해 가장 중요한 것은 조기교육, 외국어 노출이 아니라. 따뜻한 부모의 음성, 사랑의 눈 맞춤, 포근한 스킨십인거야.

그렇게 뜨겁게 사랑하고 따뜻하게 포용하며 3년을 보내다보면, 그 이후에는 아이의 뇌는 스스로 정보들을 걸러내.

지금까지의 경험과, 감각들을 토대로 나에게 중요한 부분, 중요하지 않은 부분으로 나눠 가지를 치는 거야.

"출생부터 3살 때까지의 경험은

그 아동이 평화를 사랑하는 시민으로 성장할지,

혹은 폭력적인 시민으로 성장할지,

집중력이 좋은 근로자가 될지 아니면 훈련받지 못한 근로자가 될지,

주의 깊은 부모가 될지 무심한 부모가 될지를 결정할 수 있다"

뇌, 1.4킬로그램의 배움터 中

아이의 표정과, 작은 행동하나하나를 세심하게 관찰하는 하루가
내 아이의 감성을 키우는 가장 큰 요소였다는 것을 그 당시에는 알지
못했지만 그런 과정 덕분에 상대방의 기분을 공감하고, 배려하며, 사
랑을 적극적으로 표현하고, 따뜻한 시선으로 자연을 바라볼 수 있는
아이로 자라나고 있는 것 같아 나와 남편은 늘 감사한 마음이 들어.
그렇게 일상 속에서 마음을 살펴보고 보듬을 수 있는 감성을 키울 수
있었다는 것이 참 다행이라는 생각이 들어.

만약 나와 남편이 '교육' 적인 부분으로만 초점을 맞춰 아이들을 바라
봤더라면 아이들의 행동하나하나가 다 못미덥고, 산만한 하루라고만
생각했었을 거야.
아이의 산만함이 불안하고 아이에게 어른스러운 모습을 기대 했었을
지도 몰라.
미운 네 살이라는 아이가 온갖 진상 짓들을 하던 그 시점이 아이에게
는 지금까지의 경험들을 재정비하는 뇌 대청소 기간이라는 것을 미처
알지 못했더라면 "그만해!", "하지 마!"를 수없이 외치면서 아이를 닦
달했을 것 같아

세 살까지는 충분히 스킨십 하라.

여덟 살 까지는 자유롭게 놀려라.

열두 살 까지는 충분히 잠자게 하라.

중학생이 되면 샛길로 새서 뇌를 쉬게 하라.

열다섯 살 부터는 배움에 열중하라.

삼십 대 에는 방황하고 고민하라.

사십 대 에는 건망증의 폭풍을 받아들여라.

오십 대 에는 떠오른 생각을 솔직하게 말하라.

삶의 파도를 올바르게 타는 방법이라고 소개한 일본의 감성리서치 회사 대표의 글을 유심히 읽다가 돈들이지 않고 언제든지 할 수 있는 것이 바로 이 '감성의 뇌' 를 만드는 일이라는 생각이 들었어.

안아주고, 업어주고, 사랑해주고, 표현해주면서 가족과 함께 교감하는 이 공간이 나에게 가장 편안하고 안전한 공간이라는 확신을 들게 해주면 되고.

열심히 뛰어놀면서 새로운 경험치를 늘려갈 수 있게 응원해주면 되고.

책을 통해 다양한 간접 경험 해나갈 수 있게 환경을 조성해주고

건강한 음식으로 몸과 마음 건강하게 자라나게 도와주는 것.

우리가 하고 있는 일상의 이런 과정들이 바로 내 아이의 뇌를 '감성의

뇌'로 만드는 시간이더라.

질 좋은 토양에 씨를 뿌려도 햇빛과 정성과 물이 없으면 흉작이 되는 것처럼 내 아이의 뇌라는 토양에 이미 뿌려진 질 좋은 씨(뉴런=세포)를 어떻게 가꿔줄 것인가의 시작점에는 엄마의 고민과 부모로서의 책임감이 공존해.

낳는다고 다 엄마가 되는 게 아니듯,

따뜻한 관심으로 내면과 외면이 함께 건강해질 수 있도록 아이의 감성을 돌봐줘야 해.

그래야 지나가다 애 죽이는 미친놈도 없어지고..

헤어졌다고 애인 죽이는 미친놈도 없어지고..

내적불행 탓하며 내가 낳은 자식 죽이는 화나는 뉴스도 안 보게 되지 않을까.

내 아이가 커있는 그 즈음에는 마음이(뇌가) 제대로 건강한 사람이 넘쳐나는 그런 세상이었으면 좋겠어. 그런 틈에서 건강한 '감성의 뇌'를 바탕으로 하고 싶은 것들 멋지게 해내는 서윤이 아윤이이길 꿈꿔.

간절하게.

"교육은 일종의 뇌 가꾸기로 볼 수 있으며 교육자들은 어떤 의미에서 정원사와 같다."

뇌, 1.4킬로그램의 배움터 中

우리 꽤나 정성스런 정원사 한번 되어 보자.

좋은 건 함께.

04

'집 밥' 이라 읽고
'엄마의 처절한 노력' 이라 말한다

모든 엄마의 평생고민

"아침에 뭐해먹지."
"점심에 뭐해주지."
"저녁은 뭘 먹나."

이유식 만들 때는 기계로 돌리기라도 하고 때론 많이 해서 소분이라도
해놓으면 되는데 밥을 먹기 시작하면서부터 걱정이 한아름 늘어나.
식판은 왜 또 반찬 칸이 부담스럽게 3개나 있는 거야.
한 칸 어떻게든 채우려고 김치 하나 썰어 올려주고 나머지 두 칸 채워
국까지 담아 내어 주다보면 별거 하는 건 없는데 주방은 늘 전쟁이 되

어 있었어.

이렇게 정신없이 주방에서 요리를 몇 년 하다보면 손도 자연히 빨라지
더라.

기다림과 여유가 육아의 미학이라지만 주방에서만큼은 완벽한 속도
전쟁이거든.

집 밥 몇 년 해먹이다 보면 신기하게 다들 손 하나는 엄청나게 빨라져.
이것도 내공이라는 게 생기더라고. 그래서 집에 독수리 삼 남매가 총
동원한 날도 식판 다 꺼내 후다닥 집 밥을 만들어 내어줘.

손이 빨라지니 건강한 음식 '내어주겠다' 는 마음하나만 있으면 충분
히 가능한 일이야.

정성스러운 음식을 내어주고 싶은 엄마의 마음

조미료 들어가지 않는 음식을 먹이고 싶어 내 집 주방을 자주 들락거
려야 했고, 외출을 해도 외식 대신 집에서 아이들 밥을 먹이고 싶어 시

간을 확인하며 귀가하기도 했어.

아이들과 함께 놀이터 죽순이 노릇 하다가 6시가 다된 어둑한 시간에 들어와 밥을 올리고 아이들을 씻기고 난 후 땀에 젖은 옷을 벗지도 못하고 호박을 잘랐고, 가지를 볶았고, 양배추를 쪘어.

요리보다 더 귀찮은 게 사실 시금치 다듬는 일이고, 양파 껍질 벗기는 일이고, 마늘 다지는 일이거든. 그 귀찮음만 이겨내면 요리야 뭐 생각보다 후다닥 다 할 수 있거든.

내 아이를 위하는 마음 하나로 시작했지만 피곤이 쌓여갈 때 즈음 귀찮음과 힘듦이 한꺼번에 몰려와 아이들에게 집 밥을 내어주는 일이 매일매일 쉽지는 않았어.

그래도 버틸 수 있었던 것은, 버틸 수밖에 없었던 이유는 내가 내주는 먹거리들이 아이들의 에너지원이 되고, 성장의 버팀목이 될 거라는 확신이 있었기 때문이었어.

가게에서 파는 떡꼬치도 맛있지만, 엄마가 건강한 기름으로 살짝 튀겨주는 떡꼬치를 먹이고 싶었고, 시럽 잔뜩 묻은 와플대신 초록색 잔뜩 들어간 부추 전을 간식으로 내어주고 싶은 엄마마음.

내 주변 사람들은 잘 먹는 서윤이 아윤이가 참 부럽다고들 많이 말하셔.

블로그 카테고리, 〈발로하는 지은이 요리〉에 그날의 요리나, 아이들의 식사시간 사진을 올리면 채소를 먹는 아이들 모습이 신기하다고, 고추며 양배추며 편식 없이 잘 먹는 아이들이 너무 신기하다고 방법을 물어보셔.

아윤이는 양배추에 쌈장만 있으면 밥을 두 그릇도 먹고 고추도 잘 먹어.

서윤이도 줄 콩과 공심 채, 나물밥을 참 좋아하고 잘 먹어.

두 아이 다 채소를 좋아하는데 물론 뭐든 잘 먹는 우리 집 아이들도 처음부터 다 잘 먹었던 것은 아니야. 인내하며 꾸준히 내어주는 '기다림' 의 시간이 여기도 필요한 법이거든.

나는 어릴 때 가지를 싫어했어.

물컹거리는 느낌이 너무 싫었거든. 가지 그 특유의 향도 싫었던 것 같아. 파프리카를 사과 맛 난다고 너무 맛있게 먹던 엄마 곁에서 하나 먹다 도저히 못 먹겠다고 구역질을 해댔었거든. 야채를 즐겨서 먹지는 않았었어.

청국장을 끓이는 날에는 복도에서 코를 막고 집으로 들어가기도 하고, 생선을 굽는 날에는 온몸이 가렵다고 난리도 쳤어. 물고기 비늘을 보면 난 그렇게 몸이 근질거리더라고.

보기와 다르게 예민했었지. 특히 먹는 것에 관해서는.

어릴 때 못 먹고 고생시켜서 입이 짧고 못 먹는 게 많은 것 같다면서 엄마는 늘 속상해 하셨던 것 같아. 그러면서도 끈질기게 내어주셨어.

꾸준히 내어주고, 본인이 먼저 맛있게 먹는 모습을 보여주면서 내 눈과 뇌를 세뇌시키셨나봐.

'가지는 맛있단다.'

'파프리카를 한입 베어 물고 씹으면 사각사각 듣기 좋은 소리가 난단다.'

'생선은 고소하단다.'

그리고 지금, 나는 나물에 환장하고 채소를 사랑하며 파프리카와 가지는 더더욱 사랑하는 엄마가 되어있어. 나의 엄마가 나에게 말했듯이 지금은 내가 내 아이에게 똑같이 말하고 있더라.

"서윤아 아윤아, 당근 색 너무 예쁘지 당근에는 눈을 좋게 해주는 영양소가 들어있어."

"서윤아 아윤아 신기하다. 파프리카에서 사과 맛이 나."

영양소를 설명해 주기도 하고 내어준 요리의 재료를 관찰하면서 아이들과 끊임없이 조잘거리던 우리의 식사시간.

먹지 않더라도 많이 보여주고, 엄마가 맛있게 먹는 모습을 보다보면 어느 순간 흥미라는 게 생기거든 음식에도. 언젠가는 그 음식과 친해지게 되어있어.

그렇게 끊임없이 말해주고 내어주다 보면 "엄마, 맛있다."는 감격스러운 얘기를 들을 날이 와.

"엄마 먹어보니까 파프리카 주황색이 가장 맛있어~"

엄마가 책 읽는 집에서 책 좋아하는 아이를 만날 수 있듯이

엄마가 야채, 나물, 몸에 좋은 재료 섭취하고 내어주는 집에서는 아이도 그 음식의 건강의 중요성을 느끼면서 자라날 수밖에 없거든.

뽀로로 음료수가 물론 맛있지만 집에서 먹는 매실음료보다는 건강하지 않다는 걸 아이도 알아야해.

밖에서 먹는 과자가 달고 짜고 맛있는 것 같지만 사실 집에서 만들어 먹는 고구마 말랭이와 한 알 한 알 뜯어먹는 옥수수가 내 몸을 더 예쁘게 만들어 준다는 사실을 알아야 하고.

아이가 원한다고 무작정 어쩔 수없이 내어 주는 게 아니라 안 좋은 건 섭취하지 못하게, 그 이유를 아이가 알 수 있게 설명 해주는 게 맞는 것 같아.

내 아이가 조미료, 색소와 합성착향료의 유혹에 쉽게 넘어가지 않게 하려면 집 밥을 위한 엄마의 노력만큼이나 엄마의 집념도 필요 하더라.

인공적인 색보다 더 건강한 색과 맛과 향이 있다는 걸 아이들이 배울 수 있도록 주방에서 하루하루 인내했던 시간이 지나가니 어느새 두 아이가 편식 없이 잘 먹는 아이로 자라있었어. 엄마가 주방에서 요리하는 모습을 보며, 그리고 예쁜 그릇에 담겨있지는 않지만 정성 가득 내어 주는 엄마의 요리들을 보면서 아이들은 건강에 대해 마음으로 느끼고, 자극적이지 않은 맛에 길들여지는 중 이었을 거야.

엄마가 되면 힘든 것을 묵묵히 견뎌내는 인내의 모성이 생기고

부족하지만 아이를 위해 뭐라도 하게 되는 노력의 모성이 생겨나는 것 같아.

그리고 또 한 가지, 좋은 음식 다 맛보면서 더 좋은 영양소 몸에 넣고 건강하게 커주길 바라는 엄마마음, 식습관 모성 이라는 게 생기나봐.

"우리 집 아이는 가지를 못 먹어요."

"야채를 너무 싫어해요."

"나물은 입에도 안대요."

응. 많이 주면 먹게 되어 있어.

"많이 노력도 해봤고..많이 주는데.."

응, 좀 더 내어주면 돼. 더 자주 보고 접하게 하면 돼.

그리고 엄마가 먼저 맛있게 먹는 모습 많이 보여주면 돼.

그럼 언젠가 초록색 채소를 우걱 거리고 양배추 쌈을 세상 가장 좋아하는 음식이라 말하는 날이 올 거야. 믿어봐.

초록색 채소를 좋아하는 아이들

무작정 몸에 좋은' 가지 '먹자 들이대지 말고, 잘게 썰어서 좋아할 수 있는 요리와 함께 넣어줘. 최대한 작게 시작해서 눈에 보이는 크기로, 그리고 원재료 입에 넣을 수 있는 단계까지 천천히 레벨 업 할 수 있게.

내가 자주해주던 동그랑땡 스테이크는 자연스럽게 아이들에게 다양한 채소 맛보게 할 수 있는 좋은 요리였어.

수 십 가지 채소가 들어간 비밀병기, 동그랑땡 스테이크

몸에 좋은데 아이들이 잘 안 먹는 야채들, 향이 강해서 단독으로 내어 주기 부담스러운 채소들을 선별해서 일주일 몇 번 바꿔가며 잘게 썰고 고기와 치대놨어.

한번은 콜리플라워와 가지를 듬뿍 넣고, 또 한 번은 다양한 버섯과 향이 강한 나물을 섞어 내어주었어.

다진 마늘 듬뿍 넣고 참기름으로 고소한 맛 까지 더하면 수십 가지 야채 들어간 동그랑땡 스테이크는 맛없을 수 없거든.

맛있다면서 한 입 한 입 먹는 아이들을 보며 속으로 소리를 질렀지.

'흐흐 거기 가지 두 개 들어갔다 요놈들아.'

고사리, 도라지, 곤드레 나물, 취나물, 깻순.. 보이는 제철 나물들 수시로 사서 묵묵히 내어주고 다양한 채소 함께 시도해 보는 거야.

속이 텅 비어서 씹을 때마다 아삭거리는 소리가 재미있던 공심 채, 살짝 데쳐 버터에 구워 내어주면 고소하다고 잘 먹던 아스파라거스, 족발같이 쫄깃하다던 우리 집 간식 줄 콩.

공심 채, 아스파라거스, 줄 콩. 초록색 대잔치

후다닥 만든 콩나물밥, 곤드레 나물밥에 부추 잔뜩 넣은 간장만 조금 넣어도 얼마나 맛있는 한 끼 식사가 될 수 있는지.

살짝 기름에 튀겨 국물 자작하게 내어주는 두부조림이 얼마나 맛있는지.

양배추 쌈에 쌈장 조금 올리고 밥 올려 싸먹으면 달달하고 고소한 맛
이 얼마나 행복함을 주는지.

곤드레 밥, 두부조림,
양배추 쌈과 쌈장. 만들기 편하고
맛도 있는 음식들

모양도 색도 향도 맛도 다양한 갖가지 채소로 샐러드를 만들어 먹으면
서로 뒤엉켜 어울리는 맛이 얼마나 일품인지. 먹어봐야 알아. 자주 접
해야 감상할 수 있고.

채소와 나물과 여러 과일에 관심이 생길 수 있도록 끊임없이 내어주는
노력을 해야 하는 게 엄마의 숙명이야. 엄마 몸이 조금 편하고 싶어 내
어주는 소시지, 참치, 냉동식품반찬들을 조금씩 멀리하면 그만큼 아이
들의 식성은 다양해져.

처음에는 유혹을 이기기 힘들지만, 우리 집 식탁에 치킨 너겟이 반찬으로 올라오지 않는 다는 것을 아이들 스스로 경험을 통해 느끼면 더 이상 찾지 않아.

많이 접하면 익숙해지고, 익숙해지고 반복되다보면 이게 내 인생의 작은 일부 인가보다.. 어쩔 수 없으니 받아들이자 하며 아이들도 수용할 수 있거든.

건강한 몸에서 건강한 정신이 만들어 질 수 있는 법. 이게 진리야.

그리고 이런 노력의 결과물은 아이들을 건강하게 자라게 할 단단한 밑바탕이 된다는 것.

잘하지는 못하더라도, 맛있지는 않더라도 내 아이를 위하는 마음가짐 하나로 주방으로 가는 그런 하루이길.

그것만으로도 충분해.

좋은 건 함께.

PART **05**

[제 5 장]

엄마의 방법 – 한글

쉽게 시작하고
끈기 있게 밀고가기

01

책으로 놀며 읽기독립하기
(책 찾기/한줄 읽기/이름표 붙이기)

책으로 놀기만 하는 아이 가만히 내버려 두기.

책으로 시장놀이만 하는 아이 웃으며 가만히 바라봐주기.

책으로 징검다리 만들어 종일 뛰어다니는 아이 웃으며 가만히 바라봐
주기.

책이란 책은 다 쌓아놓고 쇼핑백에 담아 노는 아이 화내지 않고 가만
히 지켜보기.

가만히 내버려두는 것도 사실 내공이 필요한데 웃으며 바라봐주라니
미치겠는 거지.

웃을 수 있다는 건 내 아이에 대한 사랑이자 배려이자 존중이고 기다
려주며 바라볼 수 있다는 건 내 아이에 대한 믿음인거야.

'책'이라는 장난감으로 참 다양하게도 놀던 아이들

책 좋아하는 아이로 키우려면 방법이 없어.

책으로 충분히 놀 수 있게, 즐거울 수 있게 장단 맞추어 주고 기다려주
는 수밖에.

이게 가장 좋은 방법이야.

분명히 뱃속에 품고 있을 때는 손가락 발가락 10개 건강하게만 나에게
오렴~이랬던 엄마들이잖아 우리.

그런데 어느 순간부터 정신 놓고 놀고 있는 애들 보면 불안함이 슬금

슬금 올라오지?

놀이터고 집이고 어딜 가든 온몸에 있는 염분 다 빼면서 놀아대는 애들을 바라보고 있으면 순간적으로 훅 불안감이 밀려와.

'종일..저렇게 놀기만 하는 우리아이..이대로..괜찮은 걸까.?'

종일 놀고 또 노는데 잠도 안자는 애들을 보면서 문득 생각을 해.

'뉘 집 자식인가..저렇게 잠 안자는 아이...이대로 괜찮은 걸까.?'

전집 몇 질을 큰맘 먹고 책장에 떡 하니 꽂아놨는데 읽을 생각은 코딱지만큼도 안하다가 자야 할 시간이 다가오면 그제야 책장으로 가.

"엄마 이제 책 읽어 두데요~"

이미 지칠 대로 지친 엄마는 이제는 좀 자고 싶은 거지.

그 전 날밤 아이들 재우고 읽었던 육아서 몇 장, 그리고 벽에 붙여진 필사 종이가 날 살렸다.

아니었으면 하루 수십 번 의미 없는 소리와 고함으로 아이들 기죽이고 성질머리는 더 나빠져서 나락으로 푹 빠졌을 거야 아마.

우리 집에서 책이란 물건은 아이들에게 그냥 장난감 이었어.

책은 읽는 다기 보다 놀이를 더 격하게 만들어주는 촉매제.

이미 어두운 밤, 지금부터가 시작이던 아이들

일단 다 뽑아놓고, 일단 다 헤쳐 놔야 하는 것.

'책으로 종일 그렇게 놀기만 할 거니, 좀 보면서 놀아라..'

턱밑까지 이 말이 차오르는데 누르고 눌러 간신히 참았다가 난장판이

된 거실을 치우려고 몸을 구부리면 갑자기 방언이 막 튀어나와...

" *$%$#$%#$*##$%& 책으로 도대체 뭔 짓들이야!!!!!!"

......

고맙고 참 다행이던 게 아이들이 엄마의 바보짓에 놀아나지 않고 꿋꿋

하게 책으로 놀았어.

책으로 노는 것이 책과 친해지는 가장 완벽한 방법이라는 것을 인정한

후 그때부터는 정말 맘 편하게 아이들의 장난감, 중고 책 수시로 사주

며 같이 신나게 놀았어. 12개월 할부로 긁은 비싼 책이 아니었기에, 독

서를 위해서는 아이들의 흥미와 재미가 충분히 충족되어야 한다는 믿음 때문에, 읽어야 된다는 강박 없이 놀기가 가능했던 일상이었던 것 같기도 해.

우리 집에서 자주 했던 놀이 중 세 가지를 정리해 볼게.

1) 책 찾기 놀이

남편과 나는 가끔 책 한권을 뽑고 책 속 단어들을 크게 외쳤는데

책 속 " 거미" 이렇게 외치면 아이들은 우리 집 책장 다 뒤져가면서, 혹은 기억하면서 거미가 있는 다른 책들을 들고 오는 거야.

너~무 신기한 게 책으로 놀기만 하고 읽지는 않던 아이들이라고 생각했는데 어디에 있는지, 어떤 책에 무슨 단어가 있는지, 그림이 있는지 정확하게 꽤나 많이 알고 있었어.

게임을 하다 나와 남편이 놀란 적이 한 두 번이 아니었거든.

큰 아이가 5살 즈음, 둘째가 3살 때 정말 하루 멀다하고 한 놀이가 바로 이 '책 찾기 놀이' 었는데 아이들의 기억력도 확인할 수 있고, 잘 보지 않는 책을 펼치게 할 수 있는 좋은 방법이야.

정신없이 깔깔대며 책을 찾고, 또 정신없이 우리에게 달려오며 책을 내밀던 아이들.

한바탕 웃고 떠들며 즐겁게 보내다가 본인이 찾은 그 책이 읽고 싶어 자연스럽게 독서와 연결되기도 했어. 그런 순간 정성스럽게 읽어주면 돼.

똥!! 아빠가 외치던 날

7살, 책을 찾고 행복하던 서윤이

놀다가 수시로 반복되던 " 엄마 아빠 이거 재미있겠다! 읽을래요."

아빠 엄마는 앉아서 입만 움직이면 돼. 즐겁게 놀다가 마무리는 늘 책 읽기가 되던 놀이가 바로 이 '책 찾기'야.

이렇게 책 제목을 눈으로 관찰하면서 한글을 익히고, 책을 읽을 때마다 글자에 노출되면서 아이들 머릿속에 한글이라는 큰 틀이 자리잡아

읽다보면 책에 빠져 금세 몰입하던 아이들

가고 있는 거였더라고.

그야말로 책으로 놀다 자연스럽게 한글 떼기, 읽기 독립을 해버리게 되는 거야.

물론 종일 책 하나로만 놀지는 않았지.

집에 책이 가득하니 놀이를 할 때마다 놀잇감으로 책이 늘 자연스럽게 스며들었을 뿐.

책과 충분히 친해졌다면 이제 인내의 시간이 기다리고 있어.

'견뎌야 하느니라.. 책 읽어주기.'

책을 사랑하게 된 모든 아이는 언젠가는 책 읽기에 푹 빠지게 되어있어.

밤 낮 중 특히 늦은 밤에 더 몰입하고, 엄마의 피곤이 극에 달했을 때

또는 급하게 외출해야 하는 그런 순간 더 몰입을 해.

몇 년 내리 하루 몇 시간씩 아이들에게 책을 읽어 주다보니 내 목 상태
는 그야말로 최악이었어.

말을 많이 하니 목 안이 건조해서 늘 물을 달고 살았고, 감기기운이 있
다 싶으면 가장 먼저 목에 탈이 났어.

엄마 목이 쉬어 잘 나오지 않아도 애들은 밤만 되면 책을 이고 다가오
는 거야.

엄마 딱 한권만..이라며 다가오는 아이의 표정을 쉽사리 무시할 수 없
어 아파도 몇 십 권, 안 아프면 전집 한질.. 내리 읽어주던 시간이 그리
길어질 줄은 나도 몰랐어.

개똥이도 소똥이도 어느 정도 되면 혼자 책을 잘 읽는다는데 왜 이 아
이는 아직까지 내 팔 만지면서 읽는 책을 그렇게 좋아 하는 건지!!

새벽까지 왜 나를 이렇게 힘들게 하는 건지!!

언제 편하게 각자 독서할 수 있을지..

그런 시간이 정말 오기는 하는 건지...

기분 좋게 시작했다가 피곤에 쩌들어 늘 복화술 하는 사람마냥 후다닥
읽어 내려가던 죽음의 릴레이, 책읽어주기.

이정도면 혼자 읽을 때가 된 것 같은데 통 읽으려 하지를 않는 거야.

'정말 학습지를 안 해서 한글이 늦는 건가..책만 읽어 주는 게 잘못된

방법인건가..엉엉'

줏대 있게 교육시킨다고 큰소리 뻥뻥 쳐놓고. 어디 가서 말도 못하고 불안한 티내기도 싫고 사실 마음이 말이 아니었어.

그러다 어느 순간 아이들이 한 글자 한 글자 글자를 읽어 내려가.

'저 단어도 알았구나, 이 글자를 알고 있었구나. 어머나, 문장도 읽는구나..'

한꺼번에 엄마 놀래 키려고 작정한 아이마냥, 이렇게 갑자기 쏟아내는 순간이 와.

정말 갑자기.

귀띔도 안 해주고 훅 하고 순간 들어와서 날 놀래 켜 주는 감격적인 순간.

벽에다 놀면서 붙인 낱말 카드들, 주고받은 짧은 편지들, 책으로 놀다 자기도 모르는 사이 노출된 책 속 글자들, 매일 엄마가 읽어주는 동화책들이 한글 떼기 언덕을 수월하게 넘기게 해준 일등공신이었다는 것을 몇 년의 책읽기 인내시간을 마스터 한 뒤에야 알았어.

즐겁게 빨고, 만지고, 보며, 놀고 있는 그 과정 속에서 아이들은 충분히 많은 것을 배우는 중이었어.

2) 조금씩 글자를 읽어 내려갈 수 있게, 하루 한줄 읽기 놀이

거창한 건 아니었지만 아이도 나도 부담 없이 즐겁게 했던 읽기독립

방법이었는데 말 그대로 동화책을 읽을 때 하루 한 줄 만 읽으면 성공!
100권 읽어도 한 줄만 읽으면 되니 애도 부담 없어~ 나도 욕심 버리게
돼~ 일석이조였지.

잘 생각해봐 사실 "나 오늘 무조건 책 한 줄만은 읽는다!" 다짐하면 사
실 한 줄만 읽고 딱 덮는 게 아니라 한 줄보다 더 읽게 되잖아.

성인 스피치 강의를 할 때도 이 작은 목표 세우기를 매주 수업에서 한
번씩, 12번 하는데 생각보다 작은 목표를 세우고 성취하는 기쁨을 크
게 느끼셔.

그 해냈다는 성취감을 발판삼아 또 다른 새로운 목표로 나아갈 용기가
덤으로 생기는 거야. 이렇게 이룰 수 있는 목표를 최대한 작게 잡으며
시작했기 때문에 중도 포기 없이 꾸준히 놀이삼아 할 수 있었어.

하루 한 줄이 하루 두 줄이 되고 때로는 하루 세 줄도 되면서 정말 자
연스럽고 편안하게 아이가 한글을 읽게 됐어.

어떤 아이라도 '책'을 싫어하는 아이는 없어.

책을 접할 기회가 없었을 뿐이지.

어떤 아이라도 '엄마'와의 놀이를 싫어할 아이는 없어.

엄마가 함께해줄 체력이 부족할 뿐이지.

책과, 책을 통한 놀이.

글자와 글자를 이용한 엄마와의 놀이.

책과 놀이를 이용하면 누구나 한글은 뗄 수 있어.

그것도 재미있고 쉽게.

고통스럽게 하지 않는 공부가 최고의 공부라는 진리의 말을 실행할 수 있는 방법이야.

읽은 책 읽고 또 읽어서 책 중앙이 다 헤어질 때 까지 보던 내 아이의 애정 책으로 시작하면 효과가 좋아. 놀이의 운은 비록 엄마가 뗐지만 주최자도 아이고, 이끄는 리더도 아이인 놀이.

규칙이고 나발이고 다 버리고 이 책 한권 속에서 몇 문장을 읽으며 아이가 배워나갈 읽기 연습을 위해 아이에게 온 몸 다 바쳐.

"엄마가 이거 읽고 내가 이거 해 볼래"

내가 해볼래..이 한마디면 된다는 마음으로..

엄마는 한 문단 다 읽으라 하고 자기는 꼴랑 한 단어 읽겠다고 말할지라도 무조건 기분 좋게 ok.

엄마의 진짜 목적은 문장읽기로 시작했지만 문장 속 한 단어라도 자기 입으로 읽게 하는 것임을 잊지 마. 꼭 정확하게 읽지 않더라도 아이가 자발적으로 읽고, 읽기에 대한 자신감을 갖게 하는 과정이라는 것을 상기하며 가면돼.

자신감을 얻고 다음번에는 다시 잘 읽어봐야지 하는 오기가 생기게끔 촉매제를 뿌려주는 시간, 부담 없는 한줄 읽기가 우리에겐 큰 도움이 됐어.

3) 내 아이의 취향을 존중해 줄 수 있는, 애정아이템에 이름표 붙여 주기 놀이.

왜 그렇게 인기가 많은지 모르겠는 뽀통령 이나 타요, 슈퍼윙스 같은 캐릭터를 활용해도 좋아. 집에 가지고 있는 자동차들로(인형) 이름을 붙여주는 건데 장난감 각각의 이름표를 붙여 주는 거야. 게임을 빙자해서 팀 이름을 정해주는 것도 좋아.

팀 이름을 만들면서 재미있게 글자를 익히던 서윤이

노는 동안 그 아이가 캐릭터 이름만큼은, 자신이 직접 만든 팀 이름만큼은 기꺼이 즐겁게 눈으로 보고 외우며 학습해나가거든. 아이들과 호두까기 인형 책을 읽고 나서 집에 있는 인형들에게 각각 이름을 붙여주고 함께 신나게 상상놀이를 했던 기억이 나.

그 때 큰 아이가 집에 있는 인형 중에 가장 좋아하던 토끼 인형에 이름 목걸이를 만들어줬어.

"엄마 이 친구는 미미라는 친구에요"

그리고 신나게 놀다 갑자기 '미미' 라고 불리어 지던 그 분홍 토끼이름을 따라 써보더라.

단어나 문장을 귀로 많이 듣고, 입으로 많이 말한 아이가 글을 깨치는 속도도 빨라.

상황을 이렇게만 살짝 던져줘도 우리보다 상상력 훨씬 좋은 아이들은 생각하지도 못한 놀이로 발전시키며 잘 놀아.

우리 집 벽면 인테리어 가득한 엄마 필사, 아이들 그림, 글자들, 편지들처럼 익숙한 공간에서 늘 노출되어 있는 한글.

이 닦다 한번 슬쩍 보고 맞추기 게임을 하고, 잠들기 전에 글자 찾기 게임을 하면서 놀이와 일상이 교묘하게 어우러진 시간.

이렇게 놀이를 통해 자기도 모르게 학습해나가면서 사실 '읽기' 의 임계점을 향해 다가가고 있는 중 이었을 거야.

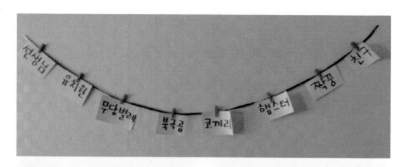

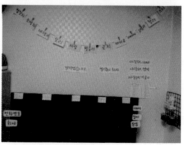

집안 곳곳 붙여 놓았던 단어, 일상적인 문장들

아이가 자신 있게 시동을 켤 수 있도록 인내심을 가지고 친절하게 안내해주는 조수석, 친절한 운전면허 강사가 되는 것이 엄마의 역할이었어.

3-6살 창작동화를 고를 때 책 속 글자 양이 너무 많지 않은지, 글자 크기가 너무 작지는 않은지, 문단 속 색이 다른 한줄 두 줄이 있는 지, 또 그림 색이 원색인지 다양한 부분을 나름의 기준으로 꼼꼼하게 선택해서 들였어.

그래서 반응 좋고 괜찮은 책 브랜드에서 다른 창작동화를 몇 질 더 구입해서 읽히기도 했고 말이지.

글 뿌리, 통근세상, 한국 슈타이너 브랜드 책을 초반에 많이 읽어줬어.

반짝반짝 읽기동화는 아이들이 정말 매일매일 빠져서 봤고,

지혜로운 탈무드(한국 톨스토이) 도 글자가 좀 크고 문장 자체가 띄엄띄엄 있어서 한줄 읽기 놀이할 때 잘 활용했어.

일곱 색깔 무지개도 잔잔한 스토리로 아이들이 참 좋아했고.

그림책이 좋아를 잘 읽고 그 다름 단계 **그림책이 좋아 좋아**도 들여 정말 재미있게 잘 봤어.

명품 꼬마 생활동화는 달달 외울 정도로 읽고 보고 했고..

바퀴달린 그림책은 아이들이 직접 그린 그림책이라 빠져서 한동안 그림책 작가를 꿈꾸게도 해준 소중한 책이야.

읽기독립의 바이블이 되었다는 **꼬마 미키**도 글자 양이 적고 문장이 반복 되어 있어서 읽기 독립할 때 활용하면 좋은 책이야.

읽기독립은 쉽고, 글자 양이 적은 책으로 시작하는 게 부담 없이 좋지

만 그렇다고 글자가 많지 않은 책만 골라 들여 줄 필요는 없어. 갓난
아이 때 읽어줬던 보드 북을 적극 활용해도 좋은 방법이이고 뭐든 아
이가 좋아하는 책이라면 상관없어.

지금 내 아이는 읽기독립 임계점 그 언저리에 다다를 준비중인거야.

오늘 내가 함께 읽어주는 책 한권 한 줄이, 찾아오는 책 한권이,

이름표를 써주는 색종이 한 장이 '읽기' 라는 목표점에 다다를 마지막
시간일지도 몰라.

좋은 건 함께.

02

한글 떼기는 편하게 가자

요리도 육아도 '발로 한다' 는 마음으로 편하게 들이대야 길게 견딜 수 있는 거 같아.

'그래 그거야 뭐 하면 할 수 있다' 는 근거 없는 자신감을 장착하면 일단 실행부터 해보자는 마음이 샘솟아서 하나하나 하게 되거든. 또 하나하나 이루어지고.

그렇게 시작하고 이어온 것이 바로 육아였고, 내 꿈이었어.

블로그에 아이들의 일상을 기록하면서 〈한글 떼기〉 폴더 하나를 하나 만들었어.

돈들이지 않고, 많은 시간 투자하지 않으면서 손쉽게 구해 할 수 있는 놀이들을 하나하나 기록했거든.

이렇게 볼품없이 노는 과정을 올려도 되나..싶을 정도로 일상적이고 편안한 방법들이야.

한글 떼기의 8할은 사실 매일 읽어간 다양한 책들이었고, 일상적인 놀이들은 아이들의 흥미를 책 속 한글들과 연결시켜주는 다리역할을 했어.

쓰기에 질려버리면 읽기고 나발이고 한글의 3대 요소 말하기, 읽기, 쓰기가 죄다 무너지거든. 그래서 우리 집은 일단 쓰기를 시키지 않았어.

일단 재미를 잃지 않도록, 한글 자체가 재미있는 그림처럼 와 닿을 수 있도록 이끌어주기만 해도 한글 떼기 반은 성공이야. 수십 권 밤낮 가리지 않고 틈날 때 마다 책을 펼쳐보는 아이들에게 한글은 두려움의 대상이 될 수 없어.

엄마와 앉아서 뭔가 따라 써야 할 공포의 대상도 아니고, 지루함의 대상도 아닌 거지.

한글이 가득한 책은 그야말로 재미있는 놀이터야.

단순히 그림과 글자라고 하는 것들이 뒤엉켜서 재미있는 이야기로 완성되는 그 과정을 코 파며 즐기기만 했을 뿐인데 신기하게 눈으로 그림한번 글자한번 엄마입모양 한번 번갈아 보고 듣고 즐기다보니 자연스럽게 머리에 다 차곡차곡 쌓이고 입도 트이게 되는 과정, 바로 한글 떼기. 한글 떼기는 이렇게 쥐도 새도 모르 게 이루어지게 해야 하는 거야.

나도 집에서 엄마 표 한글 떼기를 한다고 사실 코팅지 까지 붙여 몇 시간 정성스럽게 낱말카드를 만들기도 했었거든.

그런데 그렇게 만들어 내놓은 낱말카드로는 매일 시장놀이만 했어.

**밤새 만들어 코팅지를 붙여 내어주면 어김없이
시장놀이를 하던 아이들**

낱말카드가 돈이 되고, 카드가 되면서 물론 아이들에게 자연스럽게 노출되고 스며들었겠지만 사실 두 아이 다 바로 엄마가 써서 내어주는 포스트잇을 더 좋아했어.

막 나오는 뜨끈한 음식처럼 그때그때 써서 받고 읽고 노는 게 더 좋았나봐. 그래서 주변으로 눈을 돌려 더 편하고, 쉬운 방법을 찾아 헤맸던 것 같아.

오가는 길목에서 두꺼운 글자 찾으면 서서 읽어보고, 안내표지판 찾으면서 글자 하나하나 알아가는 재미를 느끼던 아이들.

집 근처에서 편하게 하던 한글 놀이

엄마 표 놀이, 또는 엄마 표 교육이 화려하고 거창할 필요가 없는 이유는 내 아이의 성향에 따라 물 흐르듯이 가면 되기 때문이야.

내 아이가 좋아하는 방식이 바로 우리 집 만의 엄마 표 교육인거야.

어느 날 초등학교 다닐 때 하던 방법이 생각나 종이호일을 쭉 찢어 아이에게 내어주며 보드 북에 붙이는 놀이를 했었어. 처음에는 쓰기가 아니라 단순히 붙이는 놀이만 했어.

국어시간에 미농지로 글자 따라하던 수업이 생각났거든.

스카치테이프 뜯는 걸 세상 가장 재미있는 놀이라고 알고 있던 서윤이 아윤이는 테이프를 종이에 실컷 붙이다가 어느 날은 아래로 비춰지는 글자를 따라 쓰고 그림도 따라 그렸어.

서점을 가보니까 손에 힘을 길러준다고 선긋기, 점선 잇기 같은 책들이 즐비하던데 종이호일 한 장이면 그림 따라 그리고 글자 따라 쓰다 자연스럽게 연필 잡는 힘도 세져.

주방에서 언제든지 쉽게 꺼내서 아이들 내어줄 수 있던 종이호일은 아이들의 글자연습에 단단히 한 몫 했고 초등학교 입학 후 국어 교과서 중간 중간 붙어있는 미농지를 보며 서윤이는 반가워하더라.

" 엄마 이거 집에서 우리가 매일 했던 거잖아."

다 먹은 선식박스 하나 가지고와서 세탁소 놀이도 시장놀이 만큼 자주 했어.

원피스, 바지, 셔츠, 점퍼 갖가지 단어들 써놓거나 그려 오려놓고 세탁을 맡기고 세탁해주는 놀이인데 종이 죽죽 찢어 글씨만 써 넣어주고 즉흥적으로 하는 놀이인데도 아이들은 재미있다고 몇 시간이고 했어. 종이와 펜만 있으면 언제든지 시작했던 시장놀이, 수산시장놀이, 커피숍놀이, 팀 이름 만들어주기도 즐겁게 한글이 노출 될 수 있는 방법들이었어.

근처 종이를 후다닥 오려 내어주고 분위기만 맞춰주면 끝나

키친타올 이나, 화장실 휴지 롤도 좋은 놀이도구가 될 수 있어.

종이휴지를 만들어 주는 건데 다양한 의성어, 의태어, 단어, 또는 좋아하는 책제목을 종이에 써주고 돌돌 말아서 내어주면 종이휴지가 완성돼.

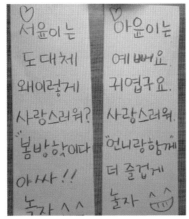 

휴지를 다 쓸 때면 늘 만들어 내어주던 휴지 롤 편지

가끔 휴지 롤에다 편지도 써서 내어줬는데 아이가 읽을 수 있는 수준의 단어들로 조합해서 만들어 주면 돌돌 말았다

풀었다 하면서 신이나.

5분이면 뚝딱 만들어서 내어줄 수 있으니 부담도 없고 얼마나 좋아.

다 먹은 작은 우유 각으로는 면마다 동물이름, 한글을 적어놓고 주사위놀이를 하며 동물흉내내기, 글자 알아맞히기 게임을 했는데 던지는 것 좋아하는 아이들에게 주사위놀이는 놀면서 쉽게 접근할 수 있는 한글 떼기 방법이었어.

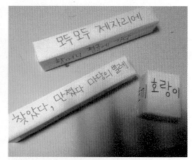

재활용품도 훌륭한 한글 놀잇감이 될 수 있었다.

집에서 굴러다니는 색종이에 서로 하고 싶은 말을 적어 책장 여기저기 숨겨 놓으면 보물찾기 놀이가 됐어.

색종이 찾으러 돌아다니다가 책도 보고 제목도 보고, 이렇게 샛길로 빠져가면서 한글을 조금씩 떼는 거지.

서윤이가 숨긴 보물 종이를 찾은 아윤이

10개의 단어들을 틀리게 적어놓고 내어주는 '고쳐오기 게임'도 언제든지 종이와 펜만 있으면 쉽게 할 수 있는 방법이었고, 나라 빙고게임으로는 나라도 익히고, 글자도 따라 쓰며 익힐 수 있었던 재미있는 시간이었어.

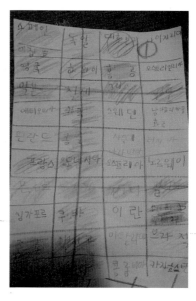

**엄마보다 더 잘한다고
확신하게 만들어 준 한글 고치기,
나라 빙고게임**

아이들과 산책을 나갈 때 포스트잇 한 묶음, 매직 하나 들고 밖으로 나가 나무마다 이름을 만들어 붙여주기도 하고 돌아올 때 다시 떼어오며 나무 이름 맞추고 떼기를 했었어.

분명 놀이였지만 교묘한 학습이었지.

모두 매일 부담 없이 시작하고 편하게 일상에 스며들 수 있었던 방법들 이었어.

우리 집 올라가는 아파트 복도 벽에 가끔 예쁜 말들을 써 붙여 놓기도 했어.

" 행복 하세요.",

" 고마워요."..

감사하는 마음, 예쁜 말들을 함께 배우던 일상

친구 이름 떼어오기도 좋은 방법이야.

사랑하는 친구들 이름은 세상 제일 재미있던 한글 놀이

유치원에 뒤늦게 늘어가 20명이 넘는 친구들, 선생님들에게 푹 빠져 있던 아이에게 즐거운 놀이이자 글자를 익힐 수 있는 좋은 한글공부였어.

포스트잇에 친구들 이름을 크게 써 넣고 붙여서 찾아오기 게임이나, 몸에 다 붙여놓고 상대방이 찾아오기 게임을 했는데 아는 친구들 이름으로 놀며 시간을 보내니 분위기도, 학습효과도 늘 최고였어.

특별하지 않은 방법들이었지만 그 속에서 나름의 특별한 의미를 부여하던 우리들의 시간은 그야말로 값 비싼 한글 교육 프로그램 하나 안 부러운 방법들이었어.

아이의 기질, 성향에 완벽하게 치중해서 다가가야 하는 게 바로 한글 떼기였고 옆집 아이와 비교하지 말고 부담 없이 느긋하고 편하게 가야만 하던 것이 바로 한글 떼기였어.

내 아이에 맞춰 가장 완벽하게 함께 해 줄 수 있는 세상 가장 좋은 선생님은 바로 엄마야. 일주일 한번 15분 수업보다 하루 5분 엄마와의 일상적 놀이들이 한글 떼기에가 더 효과 있는 거야.

블로그 속 화려한 엄마 표 교구들을 부러워하고 거기에 주눅 들지 마. 곰손이라도 자신감을 가지라고.

대충 찢어 내어주는 남루한 일상 속 놀이들로도, 나만이 해줄 수 있는 소소한 방법으로도 아이들은 충분히 얻고 배울 수 있어.

엄마가 최대한 덜 피곤하게, 언제든지 마음만 먹으면 앉은자리에서도 할 수 있는 쉽게 가는 방법들이 최고의 교육이라 결론짓게 한 '일상 속 쉬운 한글 떼기' 방법들.

혼자 조용히 책을 읽는 서윤이의 뒷모습을 보니, 책에 취해있는 아윤이를 보니 나와 아이들이 집안에서 뒹굴면서 했던 그 숱한 놀이들, 그 시간들이 새록새록 떠올라.

한 장 한 장 책을 넘기는 아이들의 모습

행복해야할 추억, 한글 떼기는 그래야 해.

좋은 건 함께.

03

'책 만들기' 라고 들어는 봤나,
놀며 배우는 통합적 교육

서윤이는 5살 겨울에 유치원에 들어갔어. 추첨 경쟁이 워낙 치열하니 다들 여러 곳에 원서를 넣는데 나는 뭔 고집으로 집근처 가장 가까운 유치원 한 곳에만 원서를 넣고 똑 떨어졌지. 애 둘과 지지고 볶고 일 년 가까이 더 보내다 자리가 난 게 12월 이었어.

한 해 다 끝나가는 마당에 어정쩡하게 들어가 며칠 등원하다 갑자기 급성 장염으로 입원했고, 퇴원하니 겨울방학이더라. 그래서 서윤이가 기억하는 유치원 생활은 6살 사랑반이 시작이야.

내 걱정보다 밝게, 씩씩하게 그리고 무엇보다 재미있게 유치원 생활을 했는데 '선생님' 에게 무언가를 배우고 함께 규칙을 지켜 생활하는 것 자체를 너무 재미있어 했어.

많은 부분 허용하며 키워 이런 규칙과 규율이 있는 생활에서 어긋나거

나 힘들어하지 않을까 내심 걱정했는데 작은 것 하나하나에도 흥미를
느끼며 다행히 재미있게 생활 하더라.

언제부터인가 서윤이 유치원 가방에는 늘 종이가 가득했어.

그림 그리고, 만든 것도 있었지만 무엇보다 종이를 몇 장 연결해 테이
프로 고정해 만든 책들이 많았는데 여자 친구들 사이에서 '책 만들기'
가 재미있는 놀이었는지 시도 때도 없이 종이책을 가지고 하원하더라.

그 즈음 서윤이가 좋아하던 것들로 간단한 책을 함께 만들어 보기 시
작했어.

좋아하던 공주 이름을 써 주면 그림을 그려 넣으며 책으로 만들던 우리

내가 써주는 공주 이름에 멋진 그림을 덧입히는 책을 만들기도 하고,
좋아하는 캐릭터 이름을 적어 놓으면 집에 있는 스티커를 붙여 보는
책을 만들기도 하면서 책 만들기에 점점 재미를 붙여나갔어.

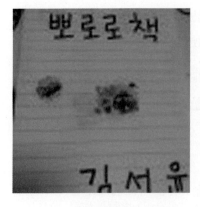

직접 스티커를
붙여볼 수 있게 캐릭터 이름을
적어주던 책

시간이 갈수록 종이 속에 글자도 조금씩 들어가고, 공주님들 상태도 온전해지면서 책의 완성도도 높아졌어.

소재도 다양하고, 내용도 다양하고 그림책, 영어책, 수학책, 퀴즈 책, 디자인 책, 이야기 책 등 다양한 분야의 책을 만들었는데 유치원에서 오면 종이를 달라고 해서 앉아 종일 책을 만드는 거야. 예쁜 것도 포기 못해서 이리저리 꾸미다 보면 정말 한 시간이 훌쩍 지나가 있어. 이렇게 만든 책을 다듬고 다듬어 자기 전에 흐뭇하게 늘 확인하고 자고, 잠들기 전에는 내일 무슨 책을 만들지 그것 고민하느라 잠드는 시간이 늦춰지기도 했어.

하루 몇 개씩
만들어 놓던 디자인, 코디,
화장 그리고 책 들

책을 만드느라 글자를 쓰고, 잘 만들고 싶은 마음에 그림을 그리고 꾸
미며 하루를 보내던 그 시기에 〈바퀴달린 그림책〉을 유용하게 읽혔
어.

아이들이 직접 그림을 그린 그림으로 이야기가 완성된 책이라 다양한 표현, 창의성이 돋보이는 내용과 그림이 가득했거든.

그런 그림들을 유심히 관찰하면서 사자도 그려보고, 사람도 그려봤던 것 같아.

두툼하고 작은 손으로 안전가위를 잡고 종이 자르던 모습이 너무 귀여웠는데 점점 손도 야무지고 정교해 졌어. 무엇보다 종이 위에 쏟아내던 서윤이의 생각들과 감수성들, 상상력들을 구경하는 행복이 대단했어.

처음에는 가위질이 안 된다고 짜증을 부리던 아이가 크기에 맞게 종이를 자르고, 스템플러 누르던 힘이 부족해서 종일 엄마를 불러대던 아이가 이제 스스로 잘 누르고 뚝딱 만들어.

한글 떼고 유치원에 들어온 친구들 사이에서 유일하게 글자 못쓰던 서윤이를 삽시간에 쓰기의 달인으로 만든 일등공신은 바로 이 책 만들기였어.

집안에 장난감보다 종이와 펜이 많으면 아이들의 시선은 그 방향으로 향해.

집에 책이 많으면 자연스럽게 책과 친해질 수 있는 것처럼 말이지.

종이와 펜이 늘 가까이에 있으면 언제든지 편하게 자신의 마음과 생각을 표현할 수 있어.

집안에 종이가 가득해야 하는 이유. 색연필, 싸인 펜이 늘 아이들 곁에 있어야 하는 이유가 바로 이거야.

즉각 실행할 수 있도록 아이들의 동선을 줄여주는 노력인거지.

서윤이는 얼마 전 두껍게 종이를 붙여 완두콩 이야기를 만들었어. 세상 가장 좋은 언니라는 막내이모와 합심했는데 만들어 놓은 책을 읽으니 제법 그럴싸하더라.

엄마 뱃속에 오기 전 본인이 우주에 떠다니는 완두콩 한 알 이었다는 서윤이는 자기 이야기라고 완두콩 이야기를 이렇게 멋지게 만들었어. 절찬인기라 1편에 이어 2편 3편, 특별판도 제작했고 열렬한 가족들에게 판매까지 완료했어.

엄마에게 오기 전, 우주의 완두콩 이었던 서윤이가 쓴 완두콩 이야기

조금 더 크면 정말 내 이름으로 된 책도 한권 만들어 달라고 하니 조만간 서윤이 작가님이라고 불러야 될 지도 모르겠어. 관심의 시작은 비록 미미할 수 있지만 아이의 관심과 흥미가 몰입으로 깊어질 수 있게 옆에서 분위기를 맞춰주면 아이는 놀랍게도 성장해.

가족의 존중, 인정해주고 응원해주는 마음 씀씀이가 아이를 건강하게 성장시키는 가장 좋은 거름이더라.

책 만들기로 한글 쓰기가 늘었다고 하니 종이 오려주고 신나게 놀고 있는 애 곁에 가서 글자 따라 쓰라고 레이저 쏘는 거 아니지?

종이 아껴 쓰라고 눈 흘기고 있는 거 아니지?

왜 혼자 못하냐고 가위들고 어버버 거리는 애 옆에서 짜증내는 거 아니지?

처음은 늘 피곤한 법. 참아.

만들어 달래서 10장이나 되는 종이 내어줘 만들어 줬더니 한 장만 신나게 꾸며놓고 일어나더라도 열렬히 응원해 줄 수 있어야해.

정말 얄팍하게 짧은 집중의 시간들은 기다리다보면 점점 길어져. 걱정하지 마.

여자아이 엄마들은 이렇게 따라한다 하더라도 남자 아이들 엄마는 종일 날뛰는 애인데 차분하게 앉아 만드는 책 만들기가 가당키냐 하냐고 반기들고 씩씩거리고 있겠지.

공룡 그리면 돼.

자동차 그리면 되고.

똥 그리면 끝나.

정상적으로 가지 말고 그림도 이상하게 꼬아 가면 돼.

세상에서 제일 배나온 사람, 세상에서 가장 이가 긴 토끼, 하마 똥 싸는 코끼리 같은..

비현실적이고 비정상적으로 접근하면 남자애들한테는 다 통하더라.

초등학교 스피치 시간 집중 1도 못하는 남자애들이 더러운 얘기만 나오면 그렇게 집중을 잘해. 웃기고, 지저분하고, 황당하게 접근해서 몰입시켜놓고 폭 빠지게 하는 것.

할 수 있어! 그렇게 했는데도 내 애가 안하면 더 기다려줘. 아직 때가 아닌 기라..

같이 웃어주고 함께 신나해 주는 그 순간이 아이들을 깊은 몰입으로 갈 수 있게 도와주는 가장 큰 촉매제임을 잊지 말고 오늘도 아들엄마들은 공룡과 차와 똥과 아들은 한 묶음이다..생각하며 미친 척 웃는 거야. 도 닦는 심정으로.

책 만들던 경험으로 서윤이는 작가의 꿈도 하나 더 생겼고 학교 국어 시간이 너무 재미있대.

그리고 더 놀라운 것, 이 책 만들기가 1학년 수업시간에 과정으로 떡 하니 있더라.

미술학원에서 선생님이 알려주는 좋은 기술들을 익히는 것도 물론 좋지만 난 이 방법 저 방법 머리 굴려 수십 번 도전해보고 망쳐도 보면서 책 만들기의 성취감을 맛볼 수 있는 경험이야말로 농도 깊은 경험이라고 생각해.

쉽게 포기 하지 않는 근성이라는 것도 이런 경험들을 바탕으로 튼튼해질 수 있고 말이지.

서윤이 에게는 국어시간 미농지도, 학교 수업 시간 책 만들기도 여전히 놀이의 연장선이야.

잡초같이 여전히 멋지게 즐기며 가고 있어.

세상 가장 즐거운 게 공부인 줄 알면서.

오리고 붙이고 (소근육 발달),

꾸미고 (창의성 발달),

그리고 (미술적 감각 발달),

쓰며 (한글 떼기), 무엇보다 재미있게 집중할 수 있는 좋은 놀이.

집에서 종이 꺼내. 색연필 꺼내고 시작 하는 거다.

재미있어. 이게 공부야.

좋은 건 함께.

04

'필사'로 내면먼저 키워

우리 집에서 집 밥만큼 중요하게 생각하는 것, 책 보는 시간만큼 귀하게 생각하는 것.

바로 필사인데 필사는 말 그대로 글자를 베껴서 쓰는 거야.

다들 학교 다닐 때 말 안 듣거나, 숙제 안 해가서 깜지 라고 한 번씩은 해본 경험 다들 있지 않아?

죽음의 반복쓰기...

쓰면서 손으로 머리로 눈으로 다 익힐 수 있는 벌이었지.

누군가 시켜서 하는 필사는 벌일 수 있지만 내가 시작한 필사의 시작은 묘한 행복감과 성취감을 안겨줘.

그래서 책이 잘 안 읽힌다고 주변 사람들이 방법을 물어보면 볼펜 하나들고 노트하나 준비해서 필사하라고 해.

손이 정신없이 글씨를 써내려가다 보면 눈이 그 글씨들을 따라가고, 따라가다 보면 머리로 그 행간을 이해하고 있거든.

이해를 하다가 어느 순간 사색에 잠겨.

'나란 엄마.'

'나란 인간.'

다른 건 몰라도 '마음의 부귀영화만큼'은 누릴 수 있게 도와주는 것이 나에게는 필사였어.

책을 눈으로 보는 것에서 그치는 게 아니라 잊지 않고 싶은 부분, 내 마음을 울린 부분을 손으로 다시 눌러 써 나가다 보면 더 농밀하게 나에게 각인될 수밖에 없었어.

피곤에 만신창이가 되어서도 아이들이 잠들자마자 볼펜과 책부터 찾던 내 모습을 떠올리면 눈물이나 기특해서.

'많이 힘들었었나보다..'

'이렇게라도 노력하려고 발악했었구나.'

아이들이 혼자서도 잘 놀고 있거나, 내 손이 필요하지 않은 순간에는 단단히 마음먹고 자리 잡고 앉았는데 그 시간에 마저 읽어야 하는 책을 읽거나, 다이어리를 펴서 적었어.

왜냐고? 책을 읽어도 순간순간 내 마음 다잡기가 쉽지 않았거든.

쓰기라도 하면서 세뇌시켜야 했어.

엄마의 발악, 너희들을 위한 엄마의 노력

'나는 조금이라도 성장하고 있는 중이다.'

희망을 놓지 않아야 했고 좋은 글귀들 마음에 심으면서 긍정적인 에너

지를 늘 얻고 싶었어.

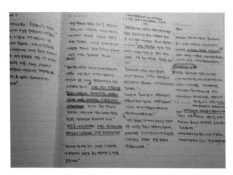

좋은 기운 열심히 새겨 넣어 너희들에게 전하고 싶던 엄마의 노력

그러면 애들이 어떻게 하겠어. 귀신같이 알고 근처로 모여든다.

엄마만 혼자 재미있는 거 하나보다..하고.

재미있다고 나도 해본다고 하면 공책 하나씩 내어주면 돼.

아이들에게는 엄마랑 같이하는 똑같은 이 행동이 무조건적으로 좋은 거야.

쉬운 단어 책으로도 필사를 해보기도 하고, 아주 어릴 때 읽던 보드 북 속 의성어나 의태어, 혹은 짧은 문장을 필사해 볼 수 있도록 슬쩍 도와주는 것도 좋아.

가장 중요한 것은 엄마가 먼저 시키는 것이 아니라 아이가 먼저 호기심을 가지고 다가올 수 있도록 '엄마가 먼저' 자리 잡아 가고 있는 것.

아이가 재미있게 느껴서 늘 쓰고 싶다고 말 할 때, 글자가 커다랗게 박혀있는 책들을 일부러 내어주기도 하고 가끔은 내 책에서 몇 단어 따라 적기도 했어.

내용, 그림 자잘하게 따지지 말고 무조건 쉽고, 아이가 좋아하고, 글자 큰 책들 중심으로 아이들이 부담 느끼지 않게 접근할 수 있게 했던 것 같아.

쓰다가 힘들어 나가떨어질 까봐.

처음은 미미하게 하지만 나중은 장대하게! 여유롭게 가면 돼.

며칠 하다 안하다 하다 안하다 반복할지라도 엄마는 맘 졸일 필요 없어.

어린 아이가 필사에 대한 작은 관심이라도 가져준 것에 대해 고맙다고 엄마는 조아려야 해.

얼마나 기특해..

필사의 맛을 이렇게 엄마 곁에서 찔끔찔끔 맛보면서 스스로 빠져들 수 있게 하는 것만으로도 충분해. 누구라도 언젠가는 빠져 든다 ..

가랑비에 옷 젖듯 멋지고 좋은 습관 자리 잡아 나가고 있다는 것을 그 때는 절대 알지 못해 지나고 나서야 보이지.

내 성장이 우선이던, 내 중심 잡는 일이 더 시급했던 나는 아이들 근처에서 늘 책을 들었고 늘 필사를 했어.

엄마도 건강하고 멋지게 자랄 테니 너희들도 엄마 잘 따라오라는 마음으로..

그림 같은 글자를 깍두기 노트에 가득 채우던 아이들은 매일 먹는 두유 한잔처럼 익숙하게 필사를 이어갔고 글씨며 연필 잡는 법이며 손힘이며 두루두루 좋아졌어.

생각하는 힘, 따뜻한 인성은 말해 뭐해.

고전이며 탈무드며 좋은 글귀와 함께하며 손수 몸에 새기는 과정 거치는 아이들의 내면인데 건강하게 자라날 수밖에.

오가며 보고배운 필사의 습관

맞춤법 공부도 따로 필요 없는, 받아쓰기 연습도 따로 필요 없는 최고
의 공부 방법이 필사였고, 집중력 향상을 위한 최고의 방법이 바로 필
사였어.

아이와 함께 한 고전 필사

필사를 하다보면 책을 읽는 '양' 보다 '질', 즉 내가 얼마나 이 책을 내
것으로 만들었는지 고민하게 되는 순간이 있어.

한 권 읽고 다 읽었다고 책장에 꽂아놨던 책들을 읽으며 처음 읽는 것 같은 당황스러움을 느끼기도 했고, 세계명작고전은 몇 번 반복해서 읽으며 처음에 읽었을 때 미처 발견하지 못했던 부분을 찾는 재미를 쏠쏠히 느끼기도 했어.

곱씹고, 반복하며 필사하던 습관 덕분에 깊이 있게 독서하는 법을 배울 수 있었던 거야.

조금 느리더라도 한 줄 한 줄 곱씹으며 생각하는 독서를 즐기게 됐고, 책 한권이 끝나면 다이어리 속 가득한 나의 생각과 내용들로 참 즐거운 독서였다는 좋은 기분을 느꼈어.

책을 읽다 마음이 동하면 그 감정 그대로 필사를 하고 싶어서 포스트 잇을 옆에 두기도 했는데 그렇게 써놓은 반성의 글귀들, 후회의 글귀들, 지혜의 글귀들이 집안 곳곳에서 내 중심을 잘 잡아줬어.

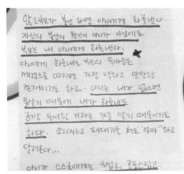 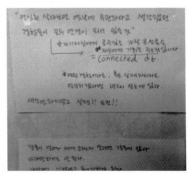

벽에 가득한 필사의 흔적들 아니, 어른 엄마가 되려던 처절한 발악들

눈으로 읽고, 손으로 되 내이고 머리로 깊게 사색하는 시간을 거쳐 내 생각까지 접목시켜나가다 보면 어느새 책 한권이 내 몸에 오롯이 새겨져.

그렇게 재미를 느끼다보면 나처럼 누구나 필사와 독서의 매력에 푹~ 빠질 수밖에 없어.

어느 날은 책 속에서 인생을 바라보는 방법을 배우기도 하고, 인생 선배들이 토닥여주며 말해주는 '버리는 법'을 끄덕이며 받아들이기도 해.

때로는 내 자신을 사랑하는 법을 배우기도 하고, 또 부족한 나를 토닥이는 지혜를 배우기도 하고 기분이 우울해서 눈물이라도 쏟아지는 날 따뜻한 위로를 받기도 해.

행간의 의미를 되 내이며 읽고 필사하던 처절했던 과정은 나를 내면이 건강한 엄마로 만들었고, 아이들도 그 길을 뒤따라 걸어올 수 있게 해줬어.

내면의 아름다움, 집중력, 생각하는 힘, 이해력증진, 기억력 등등..

얻게 되는 것들을 말해보라면 입이 아플 정도로 넘쳐나지만 엄마인 우리에게 가장 도움이 되는 부분은 '잊지 않게' 해준다는 거야. 그래서 멈출 수가 없더라.

아침에 잘 해줘야지 다짐하고 하루 반나절도 안돼서 잊어 버럭 거리게 되지 않는다는 거야.

필사하고 써 붙여놓은 글자 덕에 내 마음들이 수시로 되새김질 돼 자동으로.

필사의 근본적인 목적이 사실 '잊지 않음', '기억하기' 거든.

생각보다 얻어지는 게 엄청나다.

아이들 재우고 본격적으로 좋은 구절 필사하려고 거실 책상에 앉아있던 그 시간은 고등학교3학년 수능 준비하던 여고생의 마음이었고, 대학생 시험 준비하던 청춘의 마음이었고, 취업준비하며 공부하던 절실한 취업준비생의 마음이었어.

아이들이 잠든 후 학생으로 되돌아가던 나

육체적으로 아이에게 쏟는 단순반복노동 에너지 말고, 나를 뭔가 성장시켜주는 에너지를 얻는 것 같던 시간.

엄마 따라 필사한다고 책 들고 뛰어오던 미소, 작은 손으로 연필을 꽉 쥐며 쓰던 오동통한 손, 집중하면 삐죽 나오던 인중, 아기 새 같은 목소리, 말똥말똥 별 같이 반짝이던 아이들의 눈빛..

자연스럽게 자리 잡은 아이들의 필사습관

아이들이 필사하는 모습을 가만히 바라보면 말로 명확하게 표현하기 어려운 그런 감정들을 느끼곤 했는데 감격스럽고 뭉클하다는 표현도 아쉬울 만큼의 기분이었어.

마음 다잡으려던 마음으로 쓰기 시작한 필사가 가족의 분위기를 바꿔 놓으리라고는 생각하지 못했고, 아이들에게 여러모로 좋은 영향을 미칠 것이라고도 생각 하지 않았어.

그저 재미있게 하다 보니 자연스럽게 뒤따르던 좋은 배움과 교훈이 있었던 거지.

다행히 요즘 낭독과 필사의 중요성이 점점 부각되고 있더라.

아이들과 함께 할 수 있는 좋은 낭독 책, 필사 책도 많으니까 그건 엄마가 결정하면 돼.

읽기보다 쓰기에 두각을 드러내던 서윤이가 책 만들며 쌓은 내공에 필사 훈련까지 더해져 그림일기도, 받아쓰기도 모두 재미있어 하는 초등학생 인 것이 참 고맙고. 아윤이도 언니 영향 고스란히 물려받아 걸어온 길 한 발짝 한 발짝 걸어가며 커가고 있어.

나는 집에서는 아이들과, 스피치 강의에서는 필사구절들을 낭독원고로 공유하며 필사의 중요성을 부르짖는 강사가 되었어.

한 주 한 장 씩, 책을 읽으며 늦은 밤 써내려갔던 소중한 내 필사 구절들을 수업 듣는 분들에게 공유하며 그때 내가 느꼈던 그 뿌듯하고 행복한 기분 그들도 함께 느껴보시길 바라는 마음.

입학 전 쓰기 공부 시킨다고 학원 보내지 말고,
유치원에서 내 아이만 글자 쓰고 읽는 것 못한다고 학습지 주문하지 말고 엄마가 필사를 시작해.
아이는 자연히 뒤따르게 되어 있어.
이렇게 좋은 방법 다 까발렸는데 어렵다고 시작도 안 해보는 건 아니겠지..

늘 그렇지만 좋은 건 함께.

PART **06**

· · · · · · · ·

[제 6 장]

엄마의 방법 - 아름다운 마음

———

무엇보다
마음이 건강하고 아름다운
너희들이 되길

· · · · · · · ·

01

내 마음을 알아가는
감정놀이

이기겠다는 마음보다 함께 '나누겠다는 마음' 을 먼저 배우길

빨리 하고 싶다는 마음보다 '재미있게 하겠다는 즐거움' 을

먼저 배우길 '마음을 아름답게 가꾸는 법' 을 늘 중요하게 생각하는

마음 속 감정에 귀 기울 일수 있는

따뜻한 너희들로 자라나길..

다이어리 한 쪽에 내가 적어 놓았던 글이야.

수시로 생각했던 것 같아. 아이들의 내면, 아이들의 마음, 감성.

아이를 키우면서 가장 중요하다고 생각하는 부분은 여전히 '마음, 감
정' 이지만, 두려움, 분노, 상심, 좌절 같은 부정적인 마음까지도 너의
감정이라며 받아들이게 하는 연습은 어려웠어.

울고 있는 아이에게 "울지 마 그만!" 이라는 말 대신 "울고 싶은 만큼 울어 괜찮아."라고 말하게 되기까지 나도 많은 노력을 해야 했거든.

우는 아이의 소리가 버거웠고, 잘 안된다고 짜증을 내는 아이에게 큰 소리가 나갔어.

"괜찮아, 마음이 풀릴 때 까지 울어도 돼."라고 말하는 법을 알지 못했고 짜증내고 화내는 아이에게

"괜찮아, 너무 속상해서 짜증도 나고 화도 나겠다. 이정도로 화가 났구나."라고 토닥여주는 법을 몰랐어.

괜찮다고.. 기다려준다고.. 그렇게 말 해주지 못했어.

내 아이의 모든 것을 있는 그대로 사랑해주는 엄마인줄 알았는데 하루 수십 번 아이를 향해 윽박지르는 내 모습과 교묘하게 감정을 짓밟는 눈초리를 객관적으로 바라보면서 참 많이도 부끄럽더라.

우는 것이 나쁜 것이 아니라는 것, 화나는 감정을 표현하는 것이 잘못된 것이 아니라는 것을 아이에게 제대로 전달해주기 위해서는 나부터 공부하고 연습해야했어.

그래서 심리학책을 읽기 시작 한 거였어. 불안한 엄마 아래서 자라는 내 아이 어떻게 될 것만 같아서.

심리서적, 육아서적 다 뒤져가면서 아이의 감정을 인정하고 접근하는 법을 배워나갔고 내 마음 속 감정들을 받아들이는 것도 공부하고 연습했어.

육아라는 과정은 마음속에 존재하는 다양한 감정을 발견해 낼 수 있는 시간이자 애써 외면해왔던 마음 속 감정들을 건강하게 배출 할 수 있게 도와줄 수 있는 시간이기도 해.

내 옆, 나를 바라보며 자라는 중인 아이가 없었더라면 나의 마음 속 감정들에 대해 이렇게 까지 치열하게 공부하려 하지 않았을 것 같아.

화나면 화를 표출하고, 슬프면 눈물로 감정을 표출하면서

마음속에서 샘솟는 감정을 편하게 표출하는 자체가 나쁜 것이 아니라는 것을 엄마가 되어 깊이 있게 생각하게 됐으니 이래저래 육아가 나를 사람 만들어 줬다 싶어.

내 아이가 건강하게 감정을 표현할 수 있는 아이로 자라나길 바란다면 우선 아이의 다양한 감정을 인정해주면 돼.

'내가 느낀 감정을 드러내도 잘못한 일이 아니 구나' 아이가 느낄 수 있도록 존중해주는 것이 먼저야.

그리고 그 감정을 제대로 표현하는 방법을 추후에 알려줘도 늦지 않아.

교육을 빙자한 훈계와 존중의 순서가 뒤바뀌지 않아야 되는 거였어.

아이가 정말로 바라는 것은 눈물이 나올 만큼 억울한 마음을 인정받고 싶은 마음,

피곤해서 나도 모르게 짜증 섞인 목소리가 나오는 걸 토닥임 받고 싶은 마음,

슬퍼서 나는 눈물을 인정해 주는 마음이거든.

내 감정을 마음껏 느껴도 된다는 허락, 인정, 격려였어.

"넘어졌는데 안 울었어? 멋지다!"

"울면 경찰아저씨가 잡아가!"

"몇 살인데 아직도 이렇게 질질 울어!"

이렇게 말하며 키웠던 몇 년의 시간을 난 너무나 되돌리고 싶어.

서윤이 아윤이가 자신들의 마음 속 감정을 잘 관찰하고, 있는 그대로 느낄 수 있는 아이들이길 바라. 부모의 존중과 적절한 교육이 있는 한 아이의 솔직한 감정표출은 아이를 더 건강하게 자라나게 한다고 믿어.

손등 인대가 끊어져 2주 넘게 병원에 입원해 있어야 할 때도 떨어져 있던 아이들에게 늘 버릇처럼 이야기 하던 한 가지는 "괜찮아."였어.

엄마 보고 싶어서 눈물이 나려고 하면 울어도 괜찮아.

나오는 눈물 안 참아도 괜찮아. 괜찮은 거였어.

아이들과 집에서 자주 하는 감정놀이 몇 개를 알려 주려해.

감정놀이는 모호한 내 마음을 편하게 드러낼 수 있는 방법이기도 하고 더 나아가서는 아이의 속마음, 아이의 기분을 교묘히 관찰할 수 있는 방법이기도 해.

4살 5살 아이들과는 스케치북 한 권으로도 충분히 쉽게 할 수 있는 감정놀이를 공유하게.

늘 그렇지. 시작은 미미하고 끝은 장대하게.

스케치북에 동그라미 10개를 그려서 사람 꾸미기를 해봐.

슬픈 사람, 화난 사람, 서운한 사람, 우울한 사람, 즐거운 사람, 긴장한 사람 등등 엄마가 이름을 붙여주고 아이는 그림을 그리면 돼. 아이의 마음속에 이렇게 다양한 감정이 있다는 사실에 놀라고 내 아이의 표현력에 깜짝 놀라게 될 걸.

아이는 그림을 그리고, 다양한 감정을 듣고 표정으로 표현해보면서 조금씩 마음속 여러 느낌들과 친숙해 지는 거야.

비언어적 커뮤니케이션, 즉 표정이나 몸짓, 목소리만으로도 상대방의 감정 상태를 알아내는 분야의 전문가 폴 에크만은 인간의 6가지로 정리했어.

솔직하게 자신의 기분을 표출하는 아이들은 6가지 이외에 더 다양한 감정을 말할 수 있어.

어린아이이기 때문에 가능할지도 모를 솔직한 감정표현.

조금 더 큰 아이의 엄마라면 감정에 대해 질문을 하고 대답하는 토의 토론 방식으로도 연결시킬 수 있어.

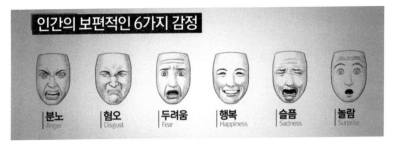

출처: 폴 에크만의 언마스크 사용

〈아이들과 함께 할 수 있는 놀이〉

1. 그림 속 기분 맞춰보고 같은 표정 짓기.
2. 내가 자주 짓는 표정에 스티커 붙여주기.
3. 보기 싫은 표정 멋진 모습으로 다시 그려주기.
4. 표정을 짓고 있는 상대방 그림 그려주기.
5. 내가 생각하는 특정한 감정 얼굴 그려보기.
6. '분노'를(특정 감정) 다른 단어로 표현해 보면 어떤 단어가 어울릴까?
7. 그 감정을 느꼈던 기억이 있니?
8. 마음속에 다른 감정이 몇 개나 숨어 있을까?

초등학교에서 초등학생을 대상으로 스피치 수업을 할 때 이 감정 스피치를 꼭 한번은 이용하는데 아이들의 심리상태가 고스란히 드러나.

'짜증나', '열 받아', '부글부글 끓어', '때리고 싶어', '숙제가 세상에서 제일 끔찍해' 라는 화가 가득한 감정을 표현하는 아이들이 생각보다 많아.

'내가 듣는 말/내가 듣고 싶은 말' 로 이야기를 이어가다보면 아이들의 처절한 외침이 고스란히 들려.

" 날 좀 사랑해 주세요."

" 있는 그대로 날 존중해 주세요."

" 공부얘기는 빼고 나랑 이야기 해주세요."

그렇게 행동하고 말 하는 아이들을 보고 어른들은 버릇이 없다고 혼내고 큰소리를 내지만 아이들의 마음에 이미 상처받은 부분이 곪아 가는 중이라는 걸, 그리고 감정을 솔직하게 표현하지 못해 답답함이 억눌려 있다는 걸 잘 알거든.

그래서 강하게 이야기하고, 강하게 행동하는 아이일수록 내면의 상처를 잘 보듬어 주어야해.

솔직하게 마음을 표현할 수 있는 기회를 주고, 존중해 줘야해.

더 이상 상처가 덧나지 않게 말이야.

아이들과 재미있게 보았던 영화 '인사이드 아웃'에서처럼 '행복'은 좋고 '우울'은 나쁜 것이 아니라 모든 감정은 내 안에서 서로 손 잡고 나를 지탱해줄 수 있는 조각들이라는 걸 내 아이뿐만 아니라 모든 아이들이 알았으면 좋겠어.

감정의 존중을 경험한 아이는 행복해질 수 있는 마음가짐을 가지는 연습을 해.

마음에 드는 부정적인 감정도 존중해줘야 하지만, 행복한 감정이 부정적인 감정보다 더 많이 있으면 더 웃을 수 있다고 말해주곤 해.

행복한 마음을 사랑하고 그렇게 행복해지기 위한 작은 방법들을 고민해봐야 하는 이유를 설명해주고 말이지. 적극적으로, 능동적으로 나의 삶을 행복하게 만드는 노력을 해보면 나에게 주어진 하루를 소중하게 생각할 수 있는 마음가짐도 덩달아 얻을 수 있게 돼.

스피치 수업 후 한 명 한 명에게 칭찬과 격려 가득한 쪽지로 피드백 해서 아이들에게 건네주는 이유도,

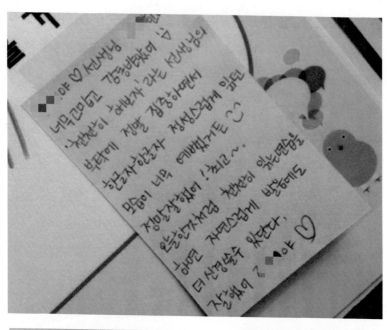

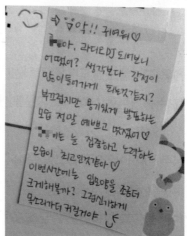

수업 후 아이들에게 내어주는 피드백 쪽지

서윤이 아윤이가 행복한 생각을 많이 할 수 있도록 머리를 굴리는 이유도

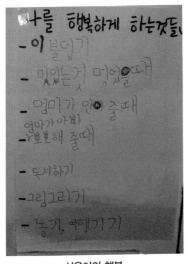

서윤이의 행복

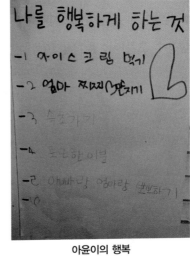

아윤이의 행복

감정을 존중해 주고 자신을 사랑하는 아이로 자라나길 바라는 마음,
그 이유 하나야.

이렇게 존중받으며 자라나는 아이는 자존감이 높아질 것이라는 믿음
때문이기도 하고.

부정적인 마음을 솔직하게 표출하는 것이 나쁜 것이 아니지만, 나아가
그 감정이 건강하게 치유되어 나에게 되돌아올 수 있게 하려면 행복해
지는 법, 내가 행복한 순간을 자꾸 생각하는 연습도 꼭 필요하거든.

신체감정지도 bodily sensation maps 출처 : 미국 국립과학아카데미(2014)

| 분노 Anger | 공포 Fear | 혐오 Disgust | 행복 Happiness | 슬픔 Sadness | 놀람 Surprise | 보통 Neutral |
| 근심 Anxiety | 사랑 Love | 의기소침 Depression | 경멸 Contempt | 자신감 Pride | 부끄러움 Shame | 부러움 Envy |

〈그림을 보며 할 수 있는 질문들.〉

1. 사람들의 몸 색이 왜 다르게 표현 되어 있을까?
2. 지금 내 몸의 색은 어떤 색으로 칠 할 수 있을까?
3. 내가 좋아하는 감정은 무엇일까?
4. 내가 싫어하는 감정은 무엇일까?
5. 내가 가지고 싶은 감정은 어떤 감정일까?
6. 엄마에게 혼이 났을 때는 어떤 감정이었을까?
7. 친구들 앞에서 발표해야 했을 때 어떤 감정이 들었던 것일까?
8. 엄마가 늘 중요하다고 강조했던 감정은 무엇 같아?
9. 지금 드는 감정을 동그라미 해볼까?
10. 또 다른 감정을 만든다면 어떤 이름을 붙여주면 좋을까?

"좋아/싫어 화나/기뻐" 라는 단순한 감정뿐만 아니라 생각보다 마음속에는 여러 가지 자잘한 감정이 숨 쉬고 있다는 것을 알려주고 싶었는데 찾아보니 아이들과 함께 이야기 나눌 만한 좋은 자료들이 많이 있더라. 다양한 감정을 아이들과 이야기 나누면서 어휘력도 발전했고 아이들도 자신이 느끼고 있는 감정을 조금 더 구체적으로 나에게 전달해줘서 아이 마음을 보듬는데 많은 도움이 됐어.

하나의 감정지도로도 다양한 질문과 대답, 대화가 오갈 수 있었고 무엇보다 아이의 속마음이 고스란히 드러나 내가 미처 신경 쓰지 못했던 부분까지 세심히 신경 쓸 수 있게 만든 시간이었어. 화나고 기쁜 감정만이 세상의 전부인 줄 알고 살던 나. 그래서 내 안에서 꿈틀거리던 다양한 감정이 그냥 당황스러웠던 나. 육아가 아니었다면 울지 않으려 애쓰고, 화나는 감정 억지로 숨기다 주기적으로 히스테리 부려가며 그렇게 나이 들어가고 있었겠지.
책을 읽다 슬프다며 나에게 안겨 울던 서윤이를 이해하지 못했을지 몰라. 서운하면 세상 떠나가라 울던 아윤이를 이해하지 못했을지 몰라.

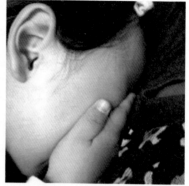

마음 속 소중한 감정을 표출 중인 아윤이와 서윤이

다양한 감정 건강하게 표현하면서 아이들과 나눌 수 있는 대화가 얼마
나 고귀하고 아름다울 수 있는지 꼭 한번 감정을 대화의 소재로 삼아
봐.

피곤함 뒤에 숨어 수시로 나오는 짜증들과,

서운함 뒤에 숨어 나오던 비난들,

고마움 뒤에 숨어 나오던 민망함,

부러움 뒤에 숨어 나오던 비아냥..

솔직하게 감정을 인정하지 않으면 내가 하는 행동과 감정을 자꾸 숨기
게 돼.

서운해도, 화가 나도, 아쉬워도, 서글퍼도, 후회 되도, 긴장 되도, 의기
소침해져도 다 괜찮아.

내 마음을 두드리는 소중한 감정이라는 것을 받아들이면 되는 거였어.

꿈틀거리는 감정의 싹을 어설프게 자르느니 제대로 알고, 있는 그대로

받아들이는 게 마음이 건강해지는 지름길 이었어.

아이들과 마음 건강 한번 챙겨봐.

영양제보다 효과 좋다.

좋은 건 함께.

02

마음이 건강해지는
미덕놀이

블로그 활동을 하면서 가구, 교구, 건강식품 등등 다양한 부분 협찬을
해주시겠다는 쪽지를 많이도 받았어.

고집스럽게 상업적인 광고는 하나도 올리지 않겠다고 몇 년 동안 일상
적인 우리 집 이야기로 끄적거려 왔는데 사실 싫어도 긍정적인 단어로
포장해서 상품 글을 올려야 할 것 같은 압박감, 기록을 위해 상품을 사
용해야 한다는 앞뒤가 뒤바뀐 것 같은 부담감이 싫었던 것 같기도 해.

그러던 중에 어느 날 출판사 직원 한분이 연락을 해주셨어.

좋은 책 한권이 신간으로 나왔는데 그냥 읽어주시면 좋을 것 같다고
말씀을 하시는 거야.

서평을 강요하지도 않으셨고, 암묵적으로 광고를 바라는 뉘앙스도 없
어서 처음으로 감사히 받아 읽었던 게 〈그 아이만의 단 한사람〉 이라

는 책 이었어.

현직 교사이기도 하지만, 하브루타 토론, 미덕카드 사용 등 다양한 부분 강의하시면서 이미 유명한 저자의 책 속에서 눈물 날 만큼 감동적인 방법을 알게 됐어.

바로 버츄카드. 미덕카드였어.

한 사람 한 사람 그 아이가 가지고 있는 장점을 끄집어낼 수 있는 아름다운 방법.

'틀림' 이 아니라 '다름' 을 인정할 수 있는 건강한 방법.

개인의 자존감을 짓밟지 않고 존중할 수 있는 행복한 방법.

건강한 내면을 가장 중요하게 생각하는 우리 가족에게는 단비 같은 방법이었어.

책 속 방법을 그대로 하지는 않았고 우리 집 아이들의 연령과, 성향을 고려해서 조금씩 변화를 줬어.

미덕카드를 한 장씩 뽑아서 아이들과 단어 하나하나 의미를 알아가고 죽어라 싸우던 두 살 터울 서윤이 아윤이 에게 미션 하나씩을 줬어.

하루 동안 나를 관찰해보며 내가 했던 미덕들을 체크해 보는 거야.

한결같음, 중용, 이상 품기, 관용 같은 단어를 사용해 아이들에게 접근할 수 있다는 것이 처음에는 나에게도 생소했었는데 이런 미덕들을 사용해서 아이들을 칭찬하고 대화하다보니

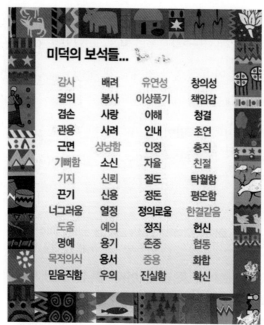

미덕의 보석들...

감사	배려	유연성	창의성
결의	봉사	이상품기	책임감
겸손	사랑	이해	청결
관용	사려	인내	초연
근면	상냥함	인정	충직
기뻐함	소신	자율	친절
기지	신뢰	절도	탁월함
끈기	신용	정돈	평온함
너그러움	열정	정의로움	한결같음
도움	예의	정직	헌신
명예	용기	존중	협동
목적의식	용서	중용	화합
믿음직함	우의	진실함	확신

http://cafe.naver.com/sueworld/1990 이미지 이용

오고가는 대화의 질과 깊이가 달라진 거야.

놀이터에서 놀면서 얼굴이 다 익을 때 까지 들고 뛰다 좋다고 달려오

는 아이에게

"아윤이는 정말 열정이 가득한 아이야."

라고 말해줄 수 있고

땡볕에 도톰한 원피스를 꼭 입고 나가야 한다는 서윤이에게

"서윤이는 정말 소신이 뚜렷한 아이구나."

라고 운을 떼며 말 할 수 있기 까지 나도 노력이 좀 필요했지만 마음이
건강해진만큼 어휘력도 함께 성장했어.

"아윤아 넌 참 너그러운 아이야."

"언니야, 언닌 참 근면해."

아이들의 입에서 나오는 멋진 단어를 감상해봐. 얼마나 감동적이고 소
름이 돋는지..

이건 꼭 경험해 봐야해.

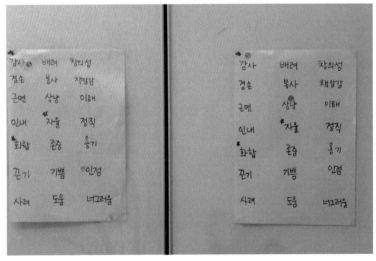

냉장고 앞, 우리 집 아이들의 미덕 카드 종이

냉장고 앞면에 두 장을 떡 하니 붙여놓고 수시로 아이들이 느낄 때 마
다 스티커로 미덕을 확인할 수 있게 했어.

틈날 때마다 싸우던 아이들의 다툼이 뜸해졌고 자연스럽게 좋은 단어 서로 전하며 마음을 건강하게 만들 수 있었어.

"난 배려를 했는데 넌 왜 배려를 안했느냐."가 아니라.

"난 배려를 했고 넌 사려 깊었구나."

나와 다른 것은 틀린 것이 아니라 단지 다르다는 것을 일상 속에서 느껴가며, 감정과 더불어 마음속에는 이렇게 아름다운 것들이 가득 차 있다는 것을 아이들 스스로 알아 갈 수 있었을 거야.

아이들 스피치 수업에도 이 미덕카드는 잘 이용했는데 판에 박힌 "잘 했어."가 아니라 구체적인 칭찬을 해줄 수 있다는 것, 아이도 모르던 아이의 장점을 꺼내 줄 수 있다는 점에서 훌륭한 방법이었어.

수업에 칭찬 스티커 판 대신 칭찬 미덕 판을 나누어 주면서

누구든 자신이 가진 미덕을 다양하게 칭찬받고 느낄 수 있게 해주던 수업방법은 자신감 없고 소극적이던 아이들은 적극적으로, 행동이 거칠던 아이들은 바른 행동으로 바꾸어 준 따뜻하지만 강한 방법 이었어.

건강하고 행복한 단어를 나누는 것만으로도 아이들은 충분히 크게 자랄 수 있다는 확신이 들어. 그래서 우리는 아이들에게 더 건강하고 아름다운 말을 선별해서 자주 해줘야해.

비싼 옷이나 유명 장난감을 가지고 있다고 내 아이의 자존감과 자신감이 생기는 게 아니야.

건강하고 강한 내면은 아름다운 말과 행동으로 자라게 되는 거였어.

부모의 따뜻한 눈빛, 응원, 아름다운 대화 속에서 더 크게 자라나는 거였더라.

다른 아이들에게 주눅 늘지는 않을까 고민하며 사 내주던 물건들보다 앞서 고민해봐야 하는 건 아이와 나누고 있는 대화를 살펴보고 내가 내뱉는 말들이 올바른지 고민해보는 거야.

농담처럼 편하게 내뱉은 나의 한 마디가 내 아이의 마음에 상처를 내는 단어는 아닌지, 감정을 교묘히 짓밟는 말은 아니었는지, 무시하고 건성으로 의견을 받아치지는 않았는지..

인간 대 인간으로 충분히 존중하고 있는지. 고민하는 게 먼저야.

여전히 나와 우리 집 아이들은 미덕놀이를 해.

아이 둘이 죽어라 싸울 때는 더 자주 해.

아이들을 자주 혼내는 내 모습을 확인하는 순간 더 자주하고.

칭찬 스티커 판 대신 사용하기도 하고 미덕들 몇 개로 미덕 상장을 만들기도 하며..

나 자신을 관찰하기도 하지만 상대방을 관찰해서 미덕칭찬을 해주기도 하며..

함께 미덕빙고게임을 하면서..

때로는 미덕카드의 좋은 점을 각자 홍보하기도 하면서..

우리가족은 이렇게 건강하고 아름다운 내면을 만들기 위해 즐겁게 노력해 나가는 중.
노력하면 얻게 되는 게 삶의 진리더라.

좋은 건 함께.

03

마음이 넓어지는
협동놀이

집에 아이들이 그린 종이, 낙서들을 모아놓는 두꺼운 파일들이 있어.

색연필을 되는대로 잡고 난을 치던 모습만 보다가 어느 순간 동그라미

라도 제대로 그리면 그게 그렇게 신기한 거야. 사진으로 찍고, 파일에

넣어두면서 아이들의 성장과정 하나하나에 참 많이도 의미부여를 한

것 같아.

아이가 한 명 일 때는 한 아이에게 오롯이 집중할 수 있는 시간과 체력

이 그나마 충분했어.

그때도 힘들고 피곤하다고 징징거리긴 했던 것 같은데 아이 둘이 생기

니 이건 뭐 비교할 거리가 안 된 거지.

한 아이 안아주면 한 아이는 다리에 매달려 울고 있고

한 아이가 잠들면 한 아이는 깨서 나에게 달려오고.

셋이 뒤엉켜 있는 집에서 각자의 시간이라는 것이 쉽게 존재하지 않았던 육아시간.

함께 즐겨야 했고 함께 할 수 있는 것들을 찾을 수밖에 없었어.

그래서 생각한 것이 '협동그림 그리기' 였어.

A4용지 네 장을 나란히 두고 그림이 네 장에 모두 연결될 수 있게 그리는 거야.

뭘 그리든 상관없지만 늘 좋은 효과를 내기 위해서는 아이들의 의견을 적극 반영해야 하는 것 같아. 원하는 그림 마음껏 그릴 수 있도록 시간을 줘.

한 장씩 가족 이름을 써서 나눠주고 각자 멋지게 꾸며오면 합체 해.

텅 빈 그림에 색을 입히고 색색의 조각 색종이들이 붙여지면 반은 완성이 돼.

하지만 가족과 합쳐져야 완벽해질 수 있어.

그러니 내 종이 근처에 붙여질 가족의 그림을 살펴보며 색을 조정하고, 의견을 나누며 조율하는 과정을 자연스럽게 거치게 돼.

반쪽마다 색이 다르던 구름을 보고 눈을 맞추고 한바탕 웃기도 하고, 서로의 생각을 인정하면서 받아들이는 아량도 배울 수 있어. 그것도 놀면서 자연스럽게.

뭐든 교육은 가랑비에 옷 젖듯 그렇게 가는 거야.

아이들과 함께 한 협동미술 놀이

아빠와 함께 하는 주말에는 더 크게 협동작품도 만들어.

9장의 A4용지를 서로 붙여서 전지크기가 되면 주제 하나를 정해놓고 그 안을 자유롭게 꾸며 보는 거야.

종이접기 책을 보고 곤충을 접어 붙이기도 하고, 유치원에서 배운 방법으로 종이를 오려 붙이기도 하고 또 싸인 펜, 색연필, 크레파스 총 동원시켜 그림을 그리기도 했어.

집에 있는 면봉, 이쑤시개, 빨대 등 다양한 재료들을 이용해 자르고 붙이고 연결시켜 흠뻑 빠져 놀다 보면 한 두 시간이 후다닥 지나가 있던 협동작품 만들기.

힘들지 않게 내어주고, 조용히 함께 참여해주고, 묵묵히 응원해주는
이 평화로움 속에서 아이들은 아이들만의 창의력을 마음껏 뽐내.
그걸 구경하는 재미가 쏠쏠했어.

아빠와 함께하는 주말, 협동미술 놀이

종이접기에 푹 빠지는 시기가 한번은 꼭 오는데 새로운 종이접기 책을
주기적으로 대여해서 보여주기도 했고, 난이도 쉬운 것으로 몇 권 구
비해두고 색종이도 늘 두둑하게 준비해 뒀었어. 처음에는 종이접기 책
속 점선 하나도 이해 못하던 녀석이 책 보면서 하는 종이접기에 재미
가 들려 어느 순간 다양한 것들을 접어내어 줬고, 하트는 하도 내어줘
서 집안이 하트 천지가 될 때도 있었어. 하트 접기에 푹 빠져있던 시기
에는 각자 색종이로 접어 와서 가족 하트 꽃 만들기로 협동 했어. 혼자

이뤄내는 성취감이라는 경험도 중요하지만 함께 마음을 나눠야 하는 협동의 경험을 늘 알려주고 싶었거든.

미술학원에서의 기술, 학원이나 센터에서 친구들끼리 함께하며 배우는 사회성과 협동도 중요하지만 가장 가까이에서 나와 하루를 같이 보내는 가족과의 협동이야 말로 가장 먼저 아이들이 보고 배워야 할 덕목이라 난 생각해. 가족과 화합하며 따뜻함을 나눌 수 있는 아이라면, 그 누구와도 따뜻한 마음 나눌 수 있지 않을까.

좋아하는 종이접기로도 협동미술놀이가 가능하다

언니가 그린 밤, 아윤이가 그린 낮처럼 서로 조금 다를 수는 있지만 결국에는 '가족' 이라는 이름으로 하나 라는 것을 늘 상기시켜주기 위해 노력할 수밖에 없었어. 안 싸우게 좀 하려고.

하루 종일 지지고 볶으며 보내도 미운 정 보다는 고운정이 더 많이 마음에 남길..

그런 엄마의 바람으로.

언니와 동생이 함께 만든 협동 작품, 낮과 밤

인터넷을 검색하다 귀여운 지도 그림이 있으면 그 지도가 주제가 되고, 귀여운 옷을 발견하면 디자인이 주제가 되어 다양한 주제로 아이들과 생각을 나눌 수 있었어.

세계지도 그리면서는 가방 하나 메고 온 나라 재미있게 여행 다니는
가족의 모습을 이야기 나눴는데 꼭! 그렇게 여행을 가겠다면서 평소보
다 영어DVD도 더 열심히 보더라.
나라 설명이 되어있는 책들을 스스로 펼쳐볼 수 있는 계기가 되기도
했어.

'즐거움' 이 또 다른 동기부여가 되고, 그 동기부여는 새로운 꿈과 희
망이 되는 건강한 이어짐..

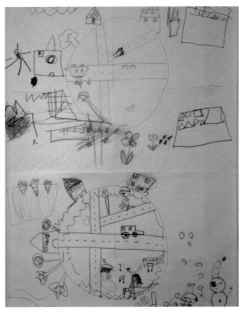

아이들이 함께 한 너와 나의 다른 지구, 협동그림

미술이라는 과목으로 시작하지만 대화와 공부가 함께 어우러질 수 있는 시간이라 협동미술을 하는 이 시간은 아이들에게는 그야말로 자기 생각을 마음껏 표현해 볼 수 있는 자유로운 시간이었어. 여러 과목 한 번에 즐길 수 있는..

그림을 그리고, 색을 입히고, 종이를 찢어 붙이며 함께 미술 놀이를 하는 이 시간.

난 아이들의 이 시간이 단순히 미술을 위한 시간이었다고만은 생각하지 않아.

멋지게 완성하기 위해서는 '나 혼자' 잘한다고 되는 게 아니란 걸.

부족한 부분을 서로 채워주고, 과한 부분은 나눠줄 수 있는 것이 협동이라는 것을 느끼는 시간이었을 거라고 믿어.

그 과정 속에서 미술적 재능이 발전하고 있을지 모르지.

'책'으로도 물론 많은 것을 배우고 습득할 수 있지만 그보다 일상 속에서, 우리가 가장 익숙한 공간에서 아이의 감성을 흠뻑 물들일 수 있다면,

그리고 자연스럽게 성숙한 내면이 될 수 있도록 도울 수 있다면,

이것이 가장 좋은 교육방법 아닐까.

우리가족에게 협동미술놀이는 서로를 배려하는 법을 재미있게 배울 수 있는 시간이었고, 인정하고 존중하는 법을 배운 인성교육의 시간이었어.

나에게는 평화의 시간을 안겨준 자유시간이기도 했고.

함께 마음을 합쳐봐.

멋진 작품이 수시로 나올 거야.

벽면은 또 알록달록하게 가득 차겠지.

좋은 건 함께.

04

마음이 행복해지는
저녁산책놀이

놀이터 죽순이로 아무도 없는 놀이터 전세내고 반나절 있을 때는 내가 저녁산책만은 죽어도 안 나간다 다짐하거든. 놀이터에서 온 몸으로 놀아 거지꼴이 된 두 아이를 질질 끌고 집으로 가면서 정말 이를 갈고 다짐한다고.

그런데 밥 먹고 씻고 설거지 까지 마무리 해 놓으면 애들은 이미 현관문 앞에서 신발 신고 기다리고 있어.

"엄마 저녁이다 나가자~ 출바알~!!"

여태 반나절 밖에서 놀았잖아 이것들아...

다짐도 했고 속으로 읊조리기도 하지만 결국에는 못 이기는 척 나가. 다른 이유 하나 없이 아이들의 그 세상 다 얻은 것 같은 표정을 보면 안 나갈 수가 없었어.

어린이집도, 유치원도 늦게 다니기 시작한 덕에 아침에 늦잠 잘 수 있음을 위로삼아 매일 나갈 수 있었던 것 같기도 해.

산책 나갈 때는 가방 속에 줄넘기, 간단한 책, 물, 그리고 메모지와 펜을 넣어 나갔어.

처음에는 보이는 간판마다 물어보는 아이들을 위해 눈으로 보고 손으로 익혀보라고 종이를 가지고 나갔었고, 조금 더 크면서 아이들이 그림 그리고 끄적거리는 것을 좋아하니 장단 맞춰주느라 늘 들고 다녔어.

때로는 달을 보고, 하늘색을 관찰하고, 지나가는 버스와 사람들을 관찰하며 아이들은 그림을 그리기도 했고 때론 시를 만들기도 했어. 또 음악을 작사 작곡 했다면서 나에게 흥얼거려 주기도 했어. 매 순간 다른 것들을 눈에 담고, 또 느끼던 아이들. 두 아이들은 산책시간 내내 종이와 펜으로 넘치는 생각과 감수성을 마음껏 즐기고 표현했어.

 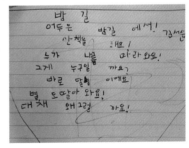

저녁 산책, 어느 날

내복차림으로 당당하게 나가 또 한 번 세상에 흠뻑 취하는 아이들의
모습을 매일 확인하다보니 피곤하고 귀찮아도 이 저녁 산책, 쉽게 멈
춰지지 않더라.

내복을 입고도 거리를 활보할 수 있는 아직 어린 아이

봄 저녁 산책에서는 활짝 펴 있다가 오므려져있는 꽃들 찾는 게 낙이
었고 여름 산책에서는 매미껍질 찾아다니는 게 일이었고
운 좋은 날에는 매미가 나오는 진풍경도 함께 했어.
어두운 밤, 고요하지만 치열하게 허물을 벗고 나오던 매미의 연둣빛의
조화는 그야말로 예술이었어.

어두워질 무렵 흙 속에서 나와 나무로 천천히 이동을 하고, 고요한 밤이 되면 허물을 벗고 새로운 삶을 시작할 매미들의 여정을 바로 옆에서 관찰할 수 있었어.

나무가 천지이던 우리 동네는 밤이 되면 매미들의 나라가 된 다는 것을 산책을 통해 깨닫게 된 거지.

**여름, 매미와 함께 보낸
저녁산책**

늘 가까이 접했던 곤충들이었던지라 작은 개미 한 마리며 공 벌레 한 마리도 우리에게는 엄청나게 소중한 생명이었고, 아이들도 자연을 사랑하고 생명을 귀하게 생각하며 자라날 수 있었어.

뜨겁던 여름, 우리는 그렇게 자연과 곤충과 함께하는 삶을 고스란히
온몸으로 느끼며 보냈었어.

가을에는 예쁜 낙엽 주워오기, 잠자리랑 친구 되기가 낙이었어.

(그렇게 종일 손가락 올리고 있어봐라 잠자리가 거기 앉나..)

잠자리야, 어서와. 언니 손은 처음이지

집 주변이 온통 나무로 가득해서 우리 동네는 꼭 숲속 마을 같았고
아이들도 동네를 걸으면서 나무와 풀과 꽃과 곤충 들을 보며 계절의
변화를 가장 먼저 알아차렸어.

자연에서 궁금했던 부분이 있으면 기억했다가 집에서 자연관찰 책을

들추어 보기도 했고 (먼저는 잘 안 찾던 자연 관찰 책은 산책 후 내가 의도적으로 살짝 폈어.)

봄에는 떨어진 벚꽃으로 아빠가 만들어 준 머리핀을 살포시 올리기도 하고

아빠가 만들어 준 벚꽃 핀

때로는 떨어진 그 벚꽃, 비닐에 가득 모아 서윤이 아윤이만의 나무를 만들기도 했어.

떨어진 벚꽃에게 새 생명을 불어넣어 준
벚꽃 나무 만들기

계절을 오감으로 체험하며 커온 서윤이 아윤이.

집근처를 매일 나가면서도 아이들은 매번 새로운 것들을 눈에 담고 마음에 담았어.

어제는 못 발견한 것을 오늘 발견하고, 어제 느꼈던 기분과 또 다른 기분으로 오늘을 바라보며, 나올 때 들어갈 때 새로운 감정 느끼기도 하면서..

서윤이 아윤이의 하루는 급행열차 같은 하루가 아니라 역 마다 멈추어 여유롭게 주변을 느낄 수 있는 완행열차를 타고 가는 여행길이었던 것 같아.

그 완행열차의 묘미가 바로 느긋한 산책이 아닐까 싶어.

완행열차를 타고 삶을 천천히 음미하려면, 여유로운 하루를 만들기 위해서는 과감하게 가지 칠 것들을 정해야 해.

굵은 가지 몇 개만 가지고 가뿐하게 가는 거야.

다 하고야 말겠다는 무모한 욕심만 버리면 되는 거지.

놀이터, 산책, 집 밥. 내가 해줄 수 있는 아이들의 행복을 위한 최소한의 것들.

아이들이 즐거워하고 행복해 하는 몇 가지를 제외하고는 시키고 싶던 것, 들이밀고 싶던 것 과감하게 접고 쓸데없이 소진되는 에너지들을 잘 비축해야만해.

엄마 손잡고 설렁설렁 동네를 걸으며 눈으로 보는 저녁 동네 풍경이, 바람 맞으며 엄마와 걷는 길, 함께 이야기 나누는 썰렁한 농담 따먹기가, 어두운 밤 조명 빛에 더 환해 보이던 동네 슈퍼를 구경하는 일이, 밤에 번쩍이는 고양이의 노란 눈빛을 찾아내는 일이,

서윤이 아윤이 에게는 너무 큰 행복이었던지라 그것들을 옆에서 잘 뒷받침 해주려면 엄마의 에너지를 잘 비축해 놓을 수 밖에 없었어.

남들의 행복을 좇는 삶이 아니라 우리 집만의 행복을 추구할 수 있는 삶이 멋진 거야.

별일 아닐 수 있는 일에 의미를 부여하기 시작하는 것, 그것이 행복의 시작 아닐까.

무엇이든 나름의 의미를 부여하고 집중해 몰입하는 아이들의 행동과 표정.

엄마인 나는 그 경이로운 모습을 보면서,

작은 들꽃 하나에도 온 마음 다 내어줄 것 같은 애정을 쏟아내던 아이들의 아름다운 모습을 바라보면서 나의 행복의 의미를 다시 한 번 곱씹어 보게 되었을지 몰라.

내 아이에게 무엇을 시켜야 아이가 똑똑해지고 주눅 들지 않을까 고민 하는 게 먼저가 아니라 내 아이가 무엇을 할 때 행복한 미소를 보이는지 또, 해맑게 웃어주는지 그 마음을 먼저 헤아려 주는 게 엄마의

의무야.

내 아이의 행복을 있는 그대로 존중해 줘야 하는 게 엄마로서 해야 할

가장 중요한 업인거야.

가방에 메모지와 펜 하나 넣고 동네를 걸어봐.

어두울수록 감성은 넘쳐나게 되는 법.

행복도 늘어나게 되는 법.

좋은 건 함께.

PART **07**

・
・
・
・
・
・

[제 7 장]

엄마의 방법 – 스피치

———

재미있게
접근하고 끈기 있게
밀고가기

・
・
・
・
・
・

01

내 목소리에 귀 기울이다
: 낭독하는 법

책은 조용히 눈으로만 읽는 것인 줄 알고 묵독하던 내가 아이들과 함께 명심보감 한 페이지를 소리 내서 낭독했을 때 처음 느껴본 그 묘한 기분.

기분 좋고, 활기차고, 한 글자 한 글자 의미 있게 다가오던 그 묵직한 기분.

책 속 글자를 눈으로 먼저 보는 게 아니라 내 목소리가 책에서 글자들을 하나하나 꺼내 오는 것 같은 신기한 기분이었어.

사실 우리는 누구나 소리 내서 책 읽기를 경험해.

아이였을 때는 자연스러웠던 소리 내서 책 읽기, 책 읽으며 질문하기 즉 낭독과 사색이 왜 시간이 지나면서 사라지게 되는 걸까.

'읽기'가 '보기'로 변할 수밖에 없는 환경이었어.

내 목소리를 내면서 의견을 피력하는 토론이나 토의 같은 적극적이고 능동적인 학습 분위기가 자리 잡지 않았던 교실에서 우리는 조용! 집중! 필기! 라는 단어를 들어오며 공부했고,

내 목소리를 낸다는 것은 유별난 것, 그리고 다른 사람의 소중한 공부 시간을 방해하는 요소일 뿐이었거든.

도서관에서도 조용.

강의실에서도 조용.

조용하고 묵묵히 학창시절을 보내는 것이 학생의 본분인줄 알았어.

늘 이렇게 수동적으로 내 주장 내 의견 멋들어지게 말 한번 못했는데, 먹이를 받아먹는 아기 새처럼 입만 뻐끔거리며 가르쳐 주는 것만 받아먹었던 그런 내가 낭독이란 걸 접할 기회는 있었겠나 싶더라.

생각해보면 아나운서를 준비하면서 숱하게 읽었던 하루 수십 장의 원고들을 읽었을 때 느낀 첫 기분과 비슷했던 것 같아.

엄마가 되어 오랜만에 아이들에게 소리 내서 책을 읽어줬을 때, 아이들이 처음 소리를 내 책을 읽던 순간, 그리고 아이들과 명심보감으로 함께 낭독했던 순간.

매일 듣는 서로의 목소리였지만 그 목소리가 전하는 전율과 힘은 대단했어.

두 아이 모두를 유치원에 보내고 가장 먼저 했던 다이어리 속 내 자잘

한 버킷리스트 중 한 개, 나만을 위한 수업 하나 듣기를 바로 실행에 옮겼어.

맘 같아서는 멀리 가서 뭔가 더 대단한 것을 할 수 있을 줄 알았는데 4교시가 끝나면 12시 50분인 서윤이 픽업시간, 1시50분이면 한 결 같이 끝나던 아윤이 픽업시간 맞추려면 최대한 집과 가까운 곳, 그리고 오전에 들을 수 있는 강좌가 최선이었어.

근처 도서관 강좌 하나를 수강하는 것으로 버킷리스트 하나가 지워졌고 그 곳에서 운명처럼 '낭독' 과 마주하게 됐어. 내가 수강한 수업은 낭독으로 하는 고전수업이었는데 말 그대로 명심보감, 장자, 맹자를 소리 내서 읽으면서 행간의 의미를 서로 나누어 보는 거야.

가장 중요한 것은 내 목소리를 내서 글자를 읽어 내려가는 낭독의 시간이 필수라는 것이었는데 정말 신기하게 이해되지 않던 문장도 더 잘 이해되고 머리에 사사로운 잡생각들도 사라지더라. '소리 내서 읽기'를 통해 건강한 에너지를 발산하고 좋은 글귀 온 몸으로 흡수시키면서 덩달아 내 목소리를 사랑할 수 있게 하는 것이 바로 낭독, 소리 내어 책 읽기야. 목소리를 내서 글자를 읽어 내려간다는 것은 단순히 말을 하는 과정이 아니라 정성의 시간이고, 책과 내가 적극적으로 대면하는 능동적인 시간이거든.

내 목소리가 입을 통해 나와 귀 안으로 들어가 내 몸을 진동시키고 마지막으로 그 좋고 건강한 글귀들의 기운들을 뼈 속에 차곡차곡 저장하는 중인데 안할 이유가 없지.

묵독을 해야 다독이 된다고 말하는 사람도 있고 말하면서 보는 복합적인 행동이 집중력을 저해한다는 말을 하는 사람도 있지만, 나는 서윤이 아윤이 에게 소리 내서 책 읽는 것의 중요성을 늘 강조해.

동화책을 한 줄 한 줄 읽을 때 슬쩍 낭독의 의미를 알려주고 아이들의 목소리를 유심히 듣고 칭찬해줘. 때로는 책 읽는 아이들의 목소리를 녹음해서 들려주기도 해.

내 목소리를 녹음해서 아이들에게 들려주기도 하고. 틈 날 때 마다 아이들과 명심보감 몇 줄을 낭독하며 자연스럽게 낭독과 친해질 수 있도록 분위기를 유도했어.

아이들도 자연스럽게 본인의 목소리를 귀 기울여 듣고 관심을 가지게 될 수밖에.

http://blog.naver.com/jioen1212/220951586543
http://blog.naver.com/jioen1212/220951586543
http://blog.naver.com/jioen1212/220951586543

아이들의 고전낭독 동영상

때론 외워서 멋지게 낭송할 수 있는 낭송대회 기회를 마련해주기도 하고 짧은 구절 번갈아 가며 읽어 내려가며 이야기 나누기도 했어.

뭐 거창한 토론은 아니고, 토끼와 거북이를 읽어 내려간 날은 토끼와 거북이의 기분을 추측해보기도 하고 나라면 어떻게 행동했을까? 아이들이 부담스럽지 않은 정도 선에서 서로의 생각을 이야기 할 수 있도록 분위기를 유도 하는 거야.

고전이라고 하면 딱딱하고 어려울 것 같은 생각이 들잖아.
명심보감은 어린이들의 학습을 위해 만든 책이잖아. 내용도 내용이지만 문장의 길이도 길지 않아 호흡 조절하며 아이와 함께 낭독하기 좋아.
예절, 정의, 우의..숱한 미덕들의 배움. 이건 말해 뭐해.
꼭 명심보감일 필요는 없고 아이들 보드 북 속 의성어 의태어로도 낭독을 부담 없이 시작할 수 있어. 단지 낭독하는 순간에는 조금 더 진지한 마음가짐으로, 조금 더 큰 목소리로 글자 하나하나 정성스럽게 읽어 내려가면 돼.
또랑또랑 읽다보면 집중하게 되고 집중하다보면 그 순간 나름의 의미를 조금은 이해할 수 있을 거고 , 설령 그러하지 않더라도 좋은 글을 소리 내어 읽는다는 그 자체로 피가 되고 살이 된다는 것.

성인 스피치 수업을 준비할 때도 책의 구절을 인용하거나 책을 읽고 느낀 기분을 원고로 짧게 만들어 놓기도 하는데 글 솜씨도 늘고, 목소리도 단련되는 좋은 방법이야.

http://blog.naver.com/jioen1212/221113521543

내 생각을 다양하게 원고로 작성해 낭독하기도 한다 - 스피치 수업자료 최지은

촬영이나 녹음 방법은 흥미를 유지하면서 마무리까지 집중할 수 있게 끔 도와줄 수 있고, 어른들에게는 객관적으로 내 목소리를 들어볼 수 있게 해줘.

속도도 더디고, 내 목소리를 들으면서 책을 읽는 낭독 자체가 처음에 는 낯설고 손발이 오그라드는 느낌일거야.

묵독에 길들여져 있던 우리들에게는 더욱더 그럴 거구.

그래도 알게 모르게 아이들 책 밤새 읽어주면서 소리 내서 책 읽어주 기 내공이 쌓여있는 상태라 책 읽어주던 엄마들은 낭독에 쉽게 흠뻑 젖을 수 있어.

성대가 단련되고, 깊이 있는 내용 내 입으로 뱉는 과정에 덩달아 자세 가 곧아지고 ,내용을 곱씹으며 온몸에 새겨 정신까지 수양되는 과정을 '낭독' 으로 쌓는 중인거야.

머리 마음 할 것 없이 복잡한 날에 심호흡 한번 하고 낭독해.

남편 회식하는 날, 명절 전날, 애 잡을 것 같은 날은 낭독이다.

뭐든 엄마가 먼저야.

좋은 거 먼저 경험하고 아이들에게 전해줘.

늘 그렇듯, 좋은 건 함께.

02

—

내 목소리를 조절하다
: 목소리 크기를 키우는 법(발성법 익히기)

"큰 소리로 발표 잘하는 아이가 되면 좋겠어요."

"자신감 있어 보이면 좋겠어요."

"부끄럼만 어떻게 없앨 수 없을까요."

"집에서는 시끄러운데 누가 있으면 답답하게 말을 크게 안 해요."

아이들을 가르치면서 부모님들에게 많이 들었던 걱정의 이야기들이
야.

"목소리가 커지길 바랍니다."

"떨리는 목소리를 없애고 싶습니다."

"정확한 발음과 큰 목소리로 내 생각을 전달하고 싶습니다."

"자신 있는 모습으로 사람들 앞에서 말 하고 싶습니다."

어른들 수업에서 가장 많이 들었던 이야기들이야.

큰 목소리, 당당한 태도, 그리고 표정이 자신감을 나타내는 중요한 부분인건 확실히 맞아.
하지만 이전에 더 중요한건 마음을 열수 있게 용기를 주고 기다려줄 수 있는 시간과 응원이야.

"큰 목소리로 말해라."
"자세가 왜 그렇게 구부정하니."
"자신감 없어 보이게 눈을 왜 그렇게 아래로 깔고 말해."
"입을 왜 그렇게 우물거려 하나도 안 들리게."

걱정이 앞서 나도 모르게 내뱉는 자잘한 말들에 아이들은 더욱더 움츠러들어.
엄마의 찌푸린 표정과 걱정스러운 얼굴에 기가 눌려 입을 닫고 덩달아 마음을 닫게 되는 거거든.
용기를 얻으라고 한 엄마의 말들이 아이들에겐 용기를 낼 수 없게 만드는 가장 큰 무기가 되어 버리더라.

실제로 수업을 듣는 아이들 중 유독 말수가 적고 눈치를 보면서 작은 목소리로 말하는 친구들이 있어. 그 아이들은 혹시 지적을 당하지는 않을까 하는 마음에 두려워 일단 입을 닫아버려. 그 아이에게 발음이 정확하다고 다른 부분을 슬쩍 건드려 칭찬해주면 칭찬받으면서도 놀라서 되물어.

"선생님 진짜예요? 이상하다 우리 엄마는 내 목소리 공룡 같다고 이상하다는데?"

자신 있게 말하라고 독촉하기 전에 아이의 목소리, 아이가 말하는 순간을 얼마나 존중해주고 응원해줬는지 한번 되짚어볼 필요가 있어.

어떠한 피드백도 칭찬이 우선이 되어야 하는 내 원칙, 그 이유는 다른 거 없어. 우리는 모두 상처받는 인간이기 때문이야.

이렇게 다 큰 어른들도 여태 자잘한 것들에 상처받으며 살아가는데 아직 열심히 크는 중인 아이들에게 굳이 야멸차고 냉정하게 평가하면서 이것은 다 네가 더 크게 성장할 수 있게 해주기 위함이라고 말하는 것, 이건 어른들의 합리화라고 생각해.

부족한 부분 일부러 건드려서 움츠리게 하지 말고, 아이가 잘하는 부분을 찾아 칭찬해 주면 돼. 칭찬할 부분을 더 부각시켜 아이의 자존감부터 키워주는 게 우선인거야.

아이는 자존감이 높아지고, 마음이 열리면 마음 속 이야기가 자신감 있게 나올 수 있거든.

소리가 작은 아이에게는 소리가 아닌 다른 부분으로 칭찬을 해서 다가
가 마음을 열게 하고
("서윤이는 말할 때 자세가 정말 훌륭한 것 같아. 여기서 목소리만 조
금 더 커지면 좋을 것 같아.")
부끄러움을 많이 타는 아이에게는 부끄러움이 아닌 다른 부분으로 접
근 하는 거야.
("아윤이는 목소리가 정말 크고 예쁘다. 조금 더 지나면 부끄러운 것도
사라질거야.")
칭찬받은 그 자세 더 멋지게 노력하다 목소리 크기도 덩달아 커질 수
있고, 칭찬받은 큰 목소리 더 멋지게 해보다가 덩달아 자세까지 멋져
지는 효과를 얻게 되거든.
그게 아이들이야.
내어주는 칭찬 영양분 삼아 갑절로 멋지게 돌려주는..

그리고 아이의 목소리를 조금씩 늘려갈 수 있는 방법을 알려줄게.
'발성' 이라는 건 말 그대로 목소리를 내는 건데 크게 소리를 지르는
건 쉽지만, 긴장하거나 낯선 순간, 부끄러울 때 사람들 앞에서 생각을
말한다는 것은 사실 쉽지 않아.

이전에 설명한 낭독도 발성연습에 좋은 방법이고

집에서 간단하게 매일 할 수 있는 방법은 3단발성법 놀이야.

〈3단 발성법〉

30: 안녕하세요
60: 안녕하세요
90: 안녕하세요

말 그대로 목소리 크기를 단계적으로 조절할 수 있도록 기준 선을 잡

아 주는 거야.

3단발성의 30은 엄마랑 둘이 편하게 대화하는 정도야.

60은 유치원 아이들 앞에서 또는 학급에서 발표 할 때 뒷사람 까지 들

릴 수 있을만한 목소리라고 알려주면 돼.

30보다는 분명히 더 커져야겠지.

90은 그야말로 연설이야. 웅변. 쩌렁쩌렁.

아무리 목소리 작은 아이들도 90은 백이면 백 다 잘하더라.

우린 아이들이 그 중간의 목소리 크기(60)를 접하고 연습할 수 있도록

도우면 돼,

가족이 함께 번갈아가면서 30-60-90 으로 목소리 내기 게임을 해도 좋고 3단 연습처럼 5단 발성연습을 해봐도 좋아. 문장은 짧은 문장으로 수시로 바꿔주면 돼.

〈5단 발성법〉

20: 안녕하세요

40: 안녕하세요

60: 안녕하세요

80: 안녕하세요

100: 안녕하세요

목소리에 힘이 너무 없거나 크기가 많이 달라지지 않는다면

#신문지 격파하기도 순간적으로 큰 발성을 내기에 좋은 방법이야.

신문지 한 장을 양쪽에서 잡고 내 아이가 한 단어만은 크게 말하는 연습을 시켜주는 거야.

: 나는 자신감(격파) 있는 아이입니다.

벽 맞추기 방법도 도움이 많이 돼.

종이에 단어를 적어도 좋고 그림을 그려도 좋아.

집에 있는 가벼운 공을 벽에 붙은 종이에 던져 맞추는 거야.

던지는 순간 그 단어만 말하면 되는데

맞추는 게임에 정신이 팔려서

아이들이 자기도 모르게 큰 소리로 단어든 기합이든 소리를 내뱉어.

얼떨결에 큰 소리가 나오면 그 순간 캐치해서 엄마는

"우리 서윤이가 이렇게 큰 소리를 낼 수 있구나" 칭찬해주면 돼.

게임과 연습이 교묘하게 뒤섞인 방법이지 이것도.

발성놀이를 하다 아이들이 고삐가 풀려서 90크기다 100크기다 하며

"으웨엑!!! 우와아악!!" 소리를 지르며 날뛰는 순간이 오면

엄마가 아이 앞에 서서 거리를 뒤로 늘려가.

100평대 아파트가 아니라 다들 아쉽겠지만

엄마 – 아이 (마주보고)

엄마 – 아이 (거실 각 끝 에 서서)

엄마 – 아이 (거실 –주방, 또는 화장실)

서로의 목소리가 정확히 들리면 성공.

거리를 확장해나가거나, 순간적으로 내 목소리의 크기가 달라지는 경험만으로도 아이들은 '나도 이런 큰 목소리를 낼 수 있구나' 마음으로 자신감 씨앗을 쟁여가.

유치원 처음 등원할 때 가방도 거부, 아이들과 눈 맞춤도 거부, 대답도 거부하던 아윤이는 집에서 서윤이랑 조금씩 이 놀이들을 함께 했어. 위에 적어놓은 방법들을 하나하나 해보고, 때론 말하는 것 동영상으로 촬영해 함께 보기도 하면서 소리 내는 것에 대한 두려움, 발표하는 것에 대한 두려움, 낯선 사람들 앞에서 무엇인가 말해야 하는 두려움을 조금씩 지워간 것 같아.

조금이라도 목소리가 커지면 다 같이 박수치면서 대단하다고 칭찬도 해주고 무엇보다 앞에 서서 무언가 말할 수 있다는 자신감을 아윤이가 얻었으면 했어.

http://blog.naver.com/jioen1212/220718321233
http://blog.naver.com/jioen1212/220718321233

발표연습 중인 서윤이, 아윤이

자신감의 씨앗을 마음에 가진 아이는 언제든지 꽃을 피우고 열매를 맺어.

많이 말하기 전에 아이가 많이 말할 수 있도록 종류불문 멍석을 깔아
주고 아이의 부족함 뒤에 보이는 더 커다란 장점들을 먼저 발견해 말
해줄 수 있다면 누구나 자신감 있게 말 할 수 있어.

아이에게나 어른에게나 마음속에서 영원히 시들지 않아야 할 씨앗이
있다면 '자신감의 씨앗' 이 아닐까.

좋은 건 함께.

03

내 속도를 조절하다
: 차분하고 또박또박 말하는 법(호흡, 끊어 읽기)

힘이 있는 목소리를 내려면 우선 바른 자세로 소리를 내야해.

바른 자세로 서서 말해야 내 몸통이 제대로 울리고 성대를 따라 목소
리도 바르게 나오게 되거든.

그래서 스피치 강의를 할 때 발표에 앞서 가장 중요하게 체크하는 부
분이 바른 자세야.

몸을 흔들거나 삐딱하게 서있지는 않은지, 어깨를 구부정하게 구부리
거나 긴장이 되서 나도 모르게 다리를 흔들고 있지는 않은지 자세를
바르게 고칠 수 있도록 도와.

등을 곧게 펴고 고개를 정면으로 향하게 해서 말하는 것만으로도 목소
리가 바르게 나올 수 있거든. 급하게 말하게 되면 흉식 호흡 즉, 가슴
으로 숨을 쉬며 말하기 때문에 목소리가 얇거나 떨리게 되고 말하는

중간 중간 숨 차는 느낌이 들게 돼. 가슴과 어깨가 움직이게 되니 몸이 흔들리며 말하는 동안 자세도 삐뚤어지게 되고. 이렇게 가슴으로 숨 쉬며 빠르게 말하는 흉식 호흡을 사용하는 사람들이 생각보다 많아.

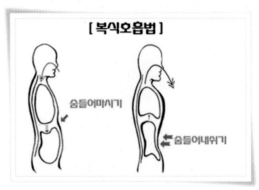

복식호흡 – 네이버 이미지 사용

복식호흡, 배에 공기를 가득 채우고 그 공기의 힘으로 목소리를 내는 개구리 배 만들기 연습을 하면 배 근육, 호흡, 속도 모두 단련될 수 있어.

덩달아 목소리에 힘도 생기고 말이지.

코로 충분히 산소를 들이 마시고 배를 빵빵하게 한 뒤, 천천히 배 안의 공기를 입으로 내뱉는 연습을 해봐.

가슴과 어깨가 들썩이면서 숨이 나가지 않도록 가슴과 어깨는 최대한 움직이지 않도록 해주고 "후–" "후–" 짧고 강하게 소리를 내며 배가 덜컹거리는 것을 확인할 수 있도록 해주면 좋아.

누워서 작은 책을 배꼽 위에 올려놓고 책이 움직이는 것을 눈으로 보여줘도 좋아.

말할 때 어깨가 심하게 움직이는 아이라면 종이배를 두 개 접어서 양쪽 어깨위에 올려놓고 떨어지지 않기 게임으로 연결시켜도 금방 좋아져.

말할 때 속도가 너무 빠른 아이라면 문장을 어절로 끊어 읽는 연습을 꾸준히 하면 도움이 많이 돼.

> **예** 나는 오늘 학교에서 체험학습을 갑니다.
> ➡ 나는 / 오늘 / 학교에서 / 체험학습을 / 갑니다. //

어절로 끊어 읽으면서 호흡을 조절하는 연습을 하는 거야.
아래의 네 가지를 책을 읽을 때나 평소 연습할 때 적용해보면 속도가 반으로 줄어 들거야.

$$/ \, , \, // \, , \, \cup \, , \, ..$$

속도를 조절하기 위한 체크 방법 들

/ : 문장 중간 중간 끊어 읽기.

// : 다음 문장으로 넘어가기 전 마침표 뒤에서 조금 더 여유를 가
지고 쉬어주기.

⌣ : 긴 문장을 읽을 때 살짝 호흡 조절하기

•• : 중요한 단어 위에 점 찍어주고 그 단어는 더 또박또박 천천히
읽기.

> 오늘 학교 정문 앞에서 경찰관 3분이 등원하는 학생들을
> 지도해 주셨습니다.
>
> ↓
>
> 오늘 / 학교 ⌣ 정문 앞에서 / 경찰관 3분이 / 등원하는 학생들을 /
> 지도해 ⌣ 주셨습니다. //

말하는 시작과 끝나는 부분만 끊어 읽기로 연습해도 좋아.

처음과 끝만 속도를 천천히 조절해서 읽어도 전반적인 말하는 속도가
다 같이 조절되기 때문에 책이나 짧은 문장들을 이용해서 처음, 끝을
낱글자 하나하나 정성스럽게 읽는 연습을 하면 돼.

: 대/화/하/는 상대방과 속도를 맞추어 말/하/는/것. //
: 대/화/하/는 중간 중간 시선을 마주할 수 있/는/ 것. //
: 비/언/어/적/인 제스처를 사용해 존중할 수 있/는/ 것. //

: 이/세/가/지/는 대화를 할 때 기억해야 하는 부/분/입/니/다.//

마음이 앞서 후다닥 말하려는 서윤이 아윤이 앞에서 괜찮다고 천천히
다시 말해보라고 하면 아이가 그제야 심호흡을 하고 말할 내용을 되새
기면서 전했어.

흥분을 하거나 울면서 정신없이 쏟아내는 말들을 알아듣지 못하겠다
고 천천히 다시 말해보라고 하면 그제야 콧물 닦으며 나에게 한 자 한
자 말해줬고.

왜 울고 무엇 때문에 화가 났고 지금 말하려고 하는 게 뭔지 아이의 속
마음이 뻔히 보이던 순간에도 정확하게 말하는 습관을 들여 주고 싶어
"천천히 말해도 돼 다시말해줄래?" 물어봤어.

조금 느려도 내가 말하고 있는 것을 정확히 알고 천천히 또박또박 말
하는 습관은 중요해.

빨리 빨리를 외치는 대한민국에서, 조금만 뒤처져도 불안한 마음이 슬
금슬금 솟는 이 나라에서 엄마로서 내 아이들에게 꼭 전해주고 싶은
게 있다면 한 번 더 심호흡해도 충분할 시간이라는 거야.

빠른 것만이 좋은 게 아니란다.

느리다고 틀린 게 아니란다.

마음이 급할 때는 한 번 하던 심호흡 두 번, 세 번해도 괜찮단다.

아이들과 호흡 조절하며 또박또박 천천히 말하는 연습을 해봐.

생각보다 내가 얼마나 빨리 말하고 있었는지 새삼 느끼고 깜짝 놀랄

거야.

내가 달라지기 시작하면, 내 아이는 자동으로 달라진다!

좋은 건 함께.

04

내 감정을 드러내다
: 자신 있게 발표하는 법 (표정, 제스처, 시선처리)

지금부터 눈을 감고 상상해봐.

나는 중요한 강의를 앞두고 있어.

무대 앞으로 이미 수 백 명의 청중이 빽빽이 앉아서 나를 기다리고 있고.

나는 마지막으로 목을 축일 생각으로 물 한 모금을 마셨어.

준비한 원고를 슬쩍 확인했고 머릿속으로 나갈 때 어떤 걸음 거리가 어울
릴지 고민하는 순간, 사회자가 나를 소개해.

무대 앞으로 나가기 10초전이야.

무대까지 나가는 그 짧은 거리,

성큼성큼 걸어 나가는 것이 왠지 더 힘차 보일 것 같아 평소보다 넓은 보
폭으로 힘 있게 걸어 나갔어.

청중들은 나를 다양한 표정으로 바라보고 있고,

난 완벽하게 준비했다고 자부하던 원고 앞에서 갑자기 긴장이 되기 시작

해. 일단 중앙에 자리를 잡고 서서 고개를 숙여 정중하게 인사해.

"안녕 하세요. 만나서 반갑습니다."

인사를 하고 앉아있는 청중들을 둘러보며 눈을 맞췄어.

준비한 원고로 바로 눈을 돌리지 않은 이유는

내 강의를 들으러 온 여러분들과 진심으로 눈 맞추고 싶어서도 있지만

사실 엄밀히 말하면 여유로운 척, 긴장하지 않는 척 하고 싶어서였어.

여유로운 시선처리의 힘을 믿어보는 거지.

어정쩡한 인사가 되지 않기 위해

거울 앞에서 정중해 보일 수 있도록 수없이 인사 연습을 했는데

적당한 각도, 여유로운 시간 다 맞춰서 인사를 잘 해낸 것 같아.

긴장을 하면 고개를 내리려다 올려버려서

인사를 하는 건지 마는 건지

이것도 저것도 아닌 상태로 보이기 쉽거든.

나도 그런 사람들의 인사를 받으며

'저렇게는 인사하지 말아야지' 생각했던 터라

더 신경 쓰고 연습 했던 게 인사였어.

두 번째 줄에 앉아있는 한 분은

아무것도 말 하지 않았는데 벌써 심드렁한 표정으로 나를 바라보고 있어.

신경이 전혀 안 쓰이는 척 했지만 사실 한 사람 한 사람 표정들을 보니 많이 긴장 돼.

'속으로 뭐라고 생각하며 날 바라보고 있을까'

백퍼센트 웃음이 터질 포인트라고 생각하고 준비한 유머도 먹히지 않자 슬슬 당황이 되기 시작하지.

만약을 대비해 준비한 심호흡 연습 준비태세.

후..후... 후~~우~~~

심호흡을 들키지 않게 크게 두 번 하고 **확장의 자세로** 돌입.

아무렇지 않은 척 어깨를 쫙 펴고 다리를 조금 더 벌려 몸을 확장 시켰어.

이제 내 몸은 쫙 펴진 새의 날개처럼,

마라톤을 완주하고 결승선으로 두 팔 벌리며 들어오는 승리자의 모습처럼 크게 확장되어 있어.

'나는 지금 꽤 여유 있다' 는 것을 간접적으로 드러내기 위함이었는데

중간 중간 자세가 흐트러지지 않았는지,

긴장이 돼서 어깨가 다시 움츠려 들지는 않았는지 계속 생각하는 중이야.

한 번에 여러 가지를 생각하며 행동하느라 어지러울 지경이지만

'자신감' 없는 모습으로 보이기는 죽기보다 싫어서 어쩔 수 없어.

그래서 지금 적극적으로 몸의 움직이며 긴장의 에너지를 발산하는 중이야.

다양한 제스처를 사용해서 설명을 도왔고

다양한 얼굴표정으로 얼굴근육을 확장시켰고

목소리에도 조금 더 힘을 주어 말을 했어.

어깨가 확장되고 내 몸이 확장되자 신기하게도 긴장도 완화되는 기분이 들어.

에이미 커디의〈프레즌스〉책을 보고 필사하며

나도 저런 상황에서 꼭 해봐야지 했던 것들을 실제로 적용해보다니..

성공하다니...

감회가 새로워.

그렇게 긴장이 풀리자 그제야 청중의 다양한 시선도 웃으면서 마주할 용기가 생기더라.

응, 어때?

조금 각색했지만 강의를 처음 시작할 때 내가 경험했던 이야기야.

수백 명 앞에서 강의를 할 날을 늘 꿈꾸는 내가 자주 상상하는 모습이기도 하고.

다이어리 속, 내가 적었던 소소한 꿈 들. 그리고 하고 싶은 일들을 이렇게 많이 상상하고 그려봤었어.

너무 구체적으로 상상해서 내가 이 경험을 정말 한 것 같은 느낌이 들 정도였으니 말 다했지 뭐.

커다란 보폭, 정중한 인사와 인사 후 잠깐의 여유, 몸의 확장 (어깨, 다리, 표정, 제스처).

이것들은 사실 자신감에 있어 가장 중요한 요소들이야.

자신감이 없을 때 나도 모르게 심리상태가 반영돼 몸이 위축되고,

반대로 승리하고 즐거운 일이 있을 때 자연스럽게 두 손을 위로 올리고 몸을 크게 확장하게 되는 것처럼 알게 모르게 심리상태가 신체에 드러나게 되거든.

에이미 커디 TED강의 일부 사용 – 확장의 자세

에이미 커디 TED강의 일부 사용 – 수축의 자세

〈프레즌스〉를 읽어보면 왜 몸을 확장하는 것이 자신감 있어지는 비결인지 더 자세히 알 수 있어.

에이미 커디의 TED강의도 있으니까 유튜브를 찾아서 강의도 꼭 들어봐.

프레즌스

에이미 커디가 말하는 성공을 부르는
10가지 신체 습관!

http://post.naver.com/viewer/postView.nhn?volumeNo=4014862&memberNo=
19760810&clipNo=4&searchKeyword=에이미커디

1. 허리에 손을 얹고 당당하게 서봐!

2. 양손으로 몸을 감싸 안는 건 금물!

양손으로 몸을
감싸 안는 건
금물!

3. 아무도 없을 때 책상에 다리를 올려봐!

아무도 없을 때
책상에
다리를 올려봐!

4. 어깨를 웅크린 채 다리 모으고 앉는 건 금물!

어깨를 웅크리고
다리 모으고
앉는 건 금물!

5. 양손으로 책상을 짚고 허리를 쫙 펴봐!

양손으로 책상을
짚고 허리를
쫙 펴봐!

6. 한 손은 팔을 한 손은 뒷목을 만지는 건 금물!

한 손은 팔을
한 손은 뒷목을
만지는 건 금물!

7. 의자에 앉아 팔을 옆 자리에 올려봐!

의자에 앉아
팔을 옆
자리에 올려봐!

8. 두 팔을 책상에 얹고 의자 끝에 앉는 건 금물!

두 팔을 책상에 얹고
의자 끝에 앉는 건
금물!

9. 한쪽 다리를 올리고 앉아 손을 머리 뒤로 해봐!

한쪽 다리를
올리고 앉아
손을 머리 뒤로
해봐!

10. 팔짱 낀 채 구부정하게 앉는 건 금물!

나도 모르게 긴장하거나 자신감이 없을 때 드러내는 비언어적인 제스처를 인위적으로만 바꾸려고 노력해도 자신감은 생기게 된다는 과학적인 증거들이 가득한 책이야.

아이들 같은 경우에는 움츠려진 어깨만 쫙 펴고 말하게 도와도 목소리 크기가 저절로 커져.

어른들도 긴장하는 순간 드러나는 작은 습관들 (다리떨기, 손 뒷짐 지기, 불안한 시선처리)만 고쳐도 자신감 있는 이미지가 저절로 생겨나.

그래서 역으로, 자신감이 없을 때는 몸을 일부러라도 확장 시키는 거야.

레드카펫 위를 걷는 수많은 배우들을 한번 떠올려봐.

급하지 않은 발걸음, 쫙 편 어깨와 가슴.

잔뜩 움츠려들어 종종걸음으로 들어오는 사람을 본 적이 없어.

과연 긴장되지 않을까? 그 '긴장'을 '자신감'으로 돌릴 수 있는 마음가짐과 '나는 할 수 있다'는 믿음이 그런 행동을 나오게 했다고 생각해.

입모양을 크게 하고, 표정도 조금 더 확장시키고, 목소리도 조금 더 크게 하고, 다리도 평소보다 조금 더 벌리고, 제스처를 사용할 때도 가슴 위로 확실히 손을 들어 해보고.. 이렇게 몸을 확장하는 연습을 해나가는 거야.

어린 아이 동화책을 읽어줄 때 아이와 눈 마주치면서 해주던 놀람의 표정, 찡그린 표정을 떠올려보면 책의 내용대로 내 표정이 움직였을 거야.

스피치도 마찬가지야. 어렵게 생각하지 않고 원고나 말하려고 하는 의미에 맞는 표정과 제스처를 사용하면 돼.

강한 어조로 말해야 할 때는 확신과 집념이 드러나는 제스처 (주먹, 손 마주잡기)를 사용하고 중요한 부분이라는 것을 강조하고 싶을 때는 엄지와 검지를 살짝 맞대는 집게 제스처를 사용할 수 있는데 유명연사들의 연설 동영상들을 보면 다양한 제스처들을 살펴볼 수 있어.

속도, 침묵, 표정, 여유, 웃음, 자세. 어떤 것 하나도 놓치기 아까운 오바마 전 대통령의 다양한 동영상들을 살펴보며 수업했는데, 이렇게 다양하게 손을 쓰고 몸을 쓰면서 적극적으로 말해야 한다는 것을 처음 느꼈다는 분들이 많았어.

'제스처'를 사용하고 다양한 얼굴근육을 사용해서 내 감정을 드러내며 말하게 되면 말하는 자체가 적극적으로 보이고 말에도 힘이 생겨.

청중은 중간 중간 나오는 제스처에 집중하게 되고 말하는 화자는 속도를 자연스럽게 조절하며 호흡을 조절할 수 있어.

그냥 밋밋하게 무언가 말하지 말고 내용에 맞는 제스처를 사용해서 쓰는 연습을 하면 조금 더 자연스러운 스피치, 대화가 될 거야.

http://blog.naver.com/jioen1212/220870910232

제스처를 사용해 스피치 하던 서윤이

아이들과 제스처 연습을 할 때는 쉽게 할 수 있는

＊첫째, 둘째, 셋째로 손가락을 사용하며 내용을 정리할 수 있도록 도와 줄 수 있어.

＊우리가/내가/저희가 같은 단어를 사용할 때 가슴에 살짝 손을 올려서 단어의 뜻이 전달되도록 할 수 있고

＊꼭/확실히 같은 단어가 나올 때는 주먹을 불끈 쥐는 연습을 할 수 있게 도와도 좋아.

거창하고 멋지게 시작하려 하지 말고 아이가 부담 없이 실행해 볼 수 있도록 느긋하게 가.

일상 속에서 조금씩 연습해온 속도조절, 발성연습, 그리고 이러한 제스처 연습들을 맘먹고 공부라 생각했다면 아마 못했을 거야.

앉혀놓고 따라하게 하는 수동적인 학습이 아니라 재미있게 접근해 엄마와 함께 즐거울 수 있는 능동적인 시간을 만들어 보길 바라.

그 과정을 서로 지켜볼 수 있는 환경이라면 자연스럽게 아이는 말하기의 중요성, 자신감의 중요성, 목소리의 중요성을 생각하며 커나갈 거야.

자신감도 노력하면 만들어 지더라.

하지만 누가먼저? 무조건 엄마가 먼저!

좋은 건 함께.

05

내 생각을 말하다 : 조리 있게 말하는 법
(1POINT/ ABA법칙/ 스피치의 3법칙)

많은 것을 다 안고 가려고 하면 탈이 생기기 마련인 게 인생이듯, 말을
할 때도 마찬가지야.

하고 싶은 이야기가 너무 많아 이것저것 다 말하며 쏟아내다 보면

'그래서 내가 하려던 이야기가 뭐였지...?'

산에서 시작한 이야기가 바다에서 끝나기도 하고

"그래서 어떻게 됐다는 거야? 결론이 뭐야?" 상대방에게 한방 맞은 기
분을 느끼기도 하지.

머리에 가득한 이야기를 일목요연하게 요약하고 정리해서 말하기란
생각보다 쉽지 않아.

응, 긴말 필요 없고 말할 때도 과감히 가지 치는 연습이 필요해.

육아에서도 열심히 가지 치며 에너지를 비축하라더니 이제 하다하다

말할 때도 가지를 잘라내라지?

이야기를 할 때 많은 정보나 이야기를 한꺼번에 말 하려고 하면 처음에 생각했던 주제에서 점점 벗어나 결국에는 말하는 사람조차 무엇을 말하려고 했는지 헷갈리게 되어 있거든.

많은 것을 한 번에 힘들게 구겨 넣지만 않으면 돼.

스피치 강의가 시작되는 첫째 날에는 늘 자기소개 시간을 가져.

간단히 내 소개를 하고 수강생들 한 분 한 분 소개를 할 수 있도록 시간을 마련하는데 기본적인 내 이력보다는 내가 중요하게 생각하는 삶의 일부분을 한 가지 이야기 하면서 나를 소개해.

안녕하세요.

12주 동안 스피치 강좌를 이끌어갈 강사, 최지은입니다.

만나서 반갑습니다.

저는 스피치에서도, 제 인생 에서도

'자신감' 이라는 것을 가장 중요하게 생각하는 사람입니다.

그래서 제가 중요하게 생각하는 자신감이라는 그 부분만큼은

수업을 통해 여러분들도 함께 고민해보고 또 성장할 수 있는 시간이길

바랍니다.

12주 동안 매주 한번은 사람들 앞에 나와 발표를 해보게 될 텐데요.

함께 연습 해나갈 스피치에 이 '자신감' 이 더 얹혀 지면

누구나 스피치의 달인이 될 수 있다는 것을 조금씩 느껴보시길 바랍니다.

만나서 반갑습니다!!"

기본 정보들을 뺀, 자기소개

학력, 경력, 나이같은 기본적인 정보들을 나열하지 않고 수업에서 내가 추구해야 할 부분을 정확하게 짚고 시작해.

소개를 부탁받으면 대부분 사람들은 내가 가진 모든 것을 전해야 할 것 같은 부담감에 직업, 나이, 사는 곳, 하는 일 같은 일반적인 정보들을 쭉 나열하고 들어가서.

정보는 많지만 전달할 포인트가 없으면 말의 길이만 장황해질 뿐 요점을 잃게 돼.

요점이 없는 긴~ 자기소개를 처음에 맨땅에 헤딩하는 기분으로 다들 한 번씩 경험한 후, 9개의 칸이 그려진 그림을 나누어 드려.

1단계 : 9개의 칸에다가 나를 설명할 수 있는 또는 나를 드러내고 표현할 수 있는 단어를 써주세요.

성격	평소 좋아하는 것	생일
습관	좋아하는 색	직업, 나이
감명 깊었던 책	인생의 지향점	음악

2단계: 지금부터 다 버려보겠습니다.

내가 가장 부각하고 싶은 부분 하나만 남겨놓고 하나하나 지워나가세요.

3단계 : 마지막으로 살아남은 한 가지를 왜 중요하게 생각했는지 고민해보세요.

논리적으로 말하는 방법들 중 자기소개에서 사용한 첫 번째 방법은 1POINT방법이야.

1. 1POINT

많은 정보가 들어가지 않더라도 한 가지 단어를 확장해 나를 조금 더
특별하고 깊이 있게 소개하는 방법을 적용하는데 정보와 사실만 쭉 늘
어놓는 자기소개보다 감동도 더 있고 청중도 다른 사람의 색다른 면을
구경하는 기분이 들어 집중도가 높아져.
평범하고 일상적인 이야기가 잔잔한 감동을 줄 수도 있지만, 짧은 시
간 나를 부각해야 하는 자리에서는 남들과 다른 방법으로 '나만 아
는 나'를 언급하는 게 효과적이야.

화자는 나를 각인시킬 수 있고, 청중은 듣는 재미가 생기는 일석이조
의 효과.
나는 인생의 지향점을 선택해 봤어.
인생을 어떻게 살아가야 하는가가 요새 내 화두거든.
평생 화두가 될 것 같아 아마도.

＊최지은의 인생의 지향점 - 1. 메멘토 모리

                         2. 열정/자신감/노력

                         3. 공부

혹시 '메멘토 모리'라고 들어보셨나요?

"사람은 누구나 죽는다"라는 말인데요.

인생을 어떻게 살아나가야 할까, 제대로 된 인생은 어떤 것일까

늘 고민하는 저에게는 이 메멘토 모리가 크게 와 닿습니다.

하고 싶은 일은 미루지 말고 지금하자!

고민만 하지 말고 일단 노력하자!

배우고 싶은 것은 열정을 가지고 배우자!

그래서 이번 스피치 수업에도 참여하게 됐습니다.

이 수업을 통해 배움의 즐거움을 느껴보고 싶습니다.

감사합니다.

1POINT를 사용한 자기소개 방법

나에 대한 기본 정보들을 나열하는 것만이 자기소개일까?

내 나이, 하는 일, 사는 곳이 드러난다고 나를 제대로 소개하는 것일까?

나를 소개해야 하는 길지 않은 시간에 판에 박힌 정보들을 나열하는 것 보다 남들이 가지 않는 길로 방향을 살짝 틀어 특별하게 소개하면 나를 더 각인 시킬 수 있어.

아이들에게도 똑같이 적용해서 하나에 초점을 맞춰 말하는 습관을 들여 주면 좋아.

나를 소개할 수 있는 단어 9개를 칸에 적어나가고 가장 말 하고 싶은

한 가지에 대해 조금 더 깊게 생각해서 표현하다보면 판에 박힌 자기

소개서가 되지 않을 수 있거든.

원고를 쓰지 않더라도 하나의 주제에 대해 다양하게 생각해보는 것만

으로도 아이들에게 도움이 돼.

두 번째는 처음의 주제를 끝까지 밀고 나가는 방법, A − B − A로 말

하기야.

2. A − B − A

내가 생각하는 주제, 목적을 A(서론)에 말하고

B(본론)에는 주제에 대한 예시, 근거들을 이야기 하는 거야.

그리고 중요한 마지막.

결론은 A에서 언급한 주제를 재차 강조해 주는 거야.

여러 가지 이야기가 난무하지 않도록 도울 수 있고

무엇보다 한 가지 주제를 끝까지 명쾌하게 밀고나가 강조할 수 있어.

일관된 주제로 시작해 마무리 되니 듣는 사람도 정확하게 주제를 파악

할 수 있고 말이지.

여러분 안녕하세요? * * * 입니다.

A: 저는 오늘 여러분에게 스피치 교육이 필요한 이유 목소리, 전달력, 자신감. 이 3가지를 전하려고 합니다.

B : 첫째 , 목소리는 내면을 드러내는 도구입니다.

말하는 사람의 목소리나, 태도, 표정은 그 사람을 나타내는 중요한 부분이기 때문에 자신에게 어울리는 목소리를 찾고 연습하는 것이 꼭 필요합니다.

둘째 , 의사소통의 핵심은 '전달력' 입니다.

자신의 생각이 아무리 머릿속에 잘 정리됐더라도 그 생각을 말로서 정확하게 전달하기란 쉽지 않습니다. 그렇기 때문에 적당한 속도, 정확한 발음으로 내 생각을 차분하게 정리해서 전달하는 스피치 훈련은 꼭 필요합니다.

셋째, '자신감'을 얻으면 삶이 더 적극적으로 변할 수 있습니다.

많은 사람들 앞에서 원고를 읽고, 스피치 연습을 하다 보면 조금씩 자신감이 생기는 경험을 얻을 수 있습니다.

그 경험은 삶을 조금 더 적극적으로 만드는 값진 시간이 될 것입니다.

A: 스피치 교육은 내면을 나타내는 목소리, 높은 전달력 , 그리고 마지막으로 자신감을 얻을 수 있는 중요한 교육입니다.

A-B-A를 사용한 말하기 원고.

내가 시작한 주제가 마지막까지 이탈하지 않고 잘 전달됐는지 확인하는 것만으로도 논리적인 말하기가 완성될 수 있어.

아이들은 생각과 동시에 말을 하기 때문에 어른처럼 이렇게 논리적으로 말하는 것이 쉽지 않지만 서윤이 아윤이 같은 경우에는 가끔 놀이를 통해 A – B – A로 말하기를 집에서 함께 했어.

시장놀이를 할 때에는 A : 오늘 살 물건 정하기

　　　　　　　　　　　B : 살 물건이 왜 필요한지 설명하기

　　　　　　　　　　　A : 장바구니 확인하며 처음 사기로 한 물건

　　　　　　　　　　　　　재차 확인해서 말 하기.

이렇게 처음과 끝에 같은 주제로 말할 수 있게 놀이를 통해 도와주면 집중도도 높아지고 논리적으로 말하는데 도움이 돼.

마지막으로 세 번째는 '3' 이라는 숫자를 기억하라!
스피치의 3법칙이야.

3. 스피치의 3법칙.

수많은 단어를 들었을 때 내가 마지막까지 기억하고 있는 단어의 최대 개수가 몇 개쯤 될까? 아직 난 창창하니 10개정도는 거뜬히 기억할 수 있다고 고집을 부리고 있겠지만 다행스럽게도(?) 적정수준은 3개정도 라니 살짝 위안이 돼.

＊핵심적인 3개만 기억하라.

＊인간이 기억하는 적정수준은 3개 이다.

＊"인간은 기억력의 한계를 인정해야 한다. 과거 경험에 대해 최대 세 가지 정도만 기억해내도 충분하다. 지능? 사고하는 데 단 10%만 영향을 미친다!"

인지과학(cognitive science) 대가인 아서 마크만(Markman) 교수의 저서 스마트 싱킹 中

3개만, 이 세 개라는 숫자는 그렇게 부담스럽지 않으니 '그래 3개만 말한다는데 3개정도는 집중해서 들어줄 수 있지.' 듣기 전 편안한 마음으로 말하는 사람의 이야기에 더 집중할 수 있는 아량이 생기는 거야.

많은 것을 넣으려하기 전에 내가 전달하려고 하는 구체적인 주제를 재차 강조하며 말하는 것이 더 효과적으로 전달된다는 거야.

스티브잡스	• 오늘 저는 여러분에게 내 인생에서 있었던 일을 딱 3가지 말하겠습니다. 딱 3가지 입니다. • 더 작고, 더 가볍고 더 빠르다.	편하게 수용 집중도 상승 이해도 상승
오바마	• "YES, WE CAN"	기억하기 쉬움 집중도 상승 긍정적 이미지
전 영국총리	• "우리의 우선순위는 교육, 교육, 교육입니다."	기억하기 쉬움 집중도 상승 각인 효과

12주 변화스피치 강의 자료 中

스티브 잡스는 글의 구성에서 딱3가지만 말하며 이해와 집중도를 높였고, 오바마 전 대통령은 간단하고 쉬운 키워드 3개만을 사용해서 사람들을 집중하게 했어.

전 영국총리는 같은 단어를 3번 반복하면서 말하려는 주제를 강조했어.

사랑을 고백할 때도 "사랑해" 한번 말하는 것 보다

"사랑해, 사랑해, 사랑해" 세 번 연달아 말 할 때 호감도가 상승한다는 글을 책에서 읽은 적이 있는데 비슷한 맥락이야.

듣는 사람에게 부담 없이 다가가 각인 시키는 거지.

아이들과 함께 놀이로 할 때는 같은 단어를 3번 얘기해서 강조할 수 있게 도와준다거나,

내가 놀이터를 좋아하는 이유 3가지, 내가 이 반찬을 좋아하는 3가지처럼 아이의 일상을 주제로 슬쩍 던져줘.

그리고 함께 말하고 들어주고 박수쳐줘.

앞에서 작은 입 오물거리면서 말 할 때 이게 스피치 교육인지, 한글 교육인지, 놀이인지..

절대 몰라 아이들은.

그냥 재미있게 다기가시 함께 맞장구 쳐주면 소리소문 없이 그렇게 성장해나가는거야.

멋진 스피치, 사람의 마음을 움직이는 스피치란 화려한 미사여구와 어려운 전문용어가 들어 갈 때만 만들어지는 게 아니야.

청중의 마음을 움직이고, 청중에게 나의 말을 각인시키는 가장 쉬운 방법은 바로, 일관되고 / 쉽게 / 그리고 간결하게 주제를 말하는 거야.

내가 말하려고 하는 바를 정확하게 전달할 때 비로소 빛날 수 있는 게 바로 멋진 스피치더라.

아이들과 평상시 말할 때도, 사람들과 카페에서 무언가 이야기 할 때도, 회사에서 보고서를 발표할 때도 이렇게 논리적으로 말하는 방법들을 적용해서 말해봐.

아는 만큼 보이고, 하는 만큼 늘더라.

스피치도 육아 같아.

끈질기게 버티며 해 나가다보면 어느새 뚝딱! 밥을 차려내는 내가 되어 있을 거야.

좋은 건 함께.

'엄마가 엄마 삶을 아끼고 열심히 사는 모습'
그 자체가 아이들에게 어떤 선행학습보다도 좋은 영향력을
미칠 것이라고 믿는 나는 아이들의 성장을 바라기 이전에
엄마의 성장이 먼저라고 강력하게 말하고 싶어.

좋은 건 함께,
그리고 좋은 걸 함께 해줘서 고마워.

"육아는 독서법이다"

내 아이를 전체적으로 바라 볼 수 있는 '통독'의 마음가짐.

내 아이만이 가진 행간의 의미를 생각하고 고민하는 마음가짐.

나와 내 아이를 객관적으로 관찰하고 노력하는 '정독'의 자세가 적절하게 뒤범벅된

파도타기가 바로 '육아'야.

책 한권을 사면 어떻게 읽어?

내가 읽었던 책 속에는 책을 읽으며 기록해 놓은 내 생각들과, 인덱스

가 가득해.

깨끗하게 책을 읽지 않는 버릇은 다양한 책에 다 똑같이 적용되지만,

책 마다 다가가는 방법은 조금씩 달라.

여행에세이는 가볍게 읽으면서 그 분위기를 느끼는 편이고

육아서를 읽을 때는 내 상황과 비교해보면서 전체적으로 통독하면서

나에게 적용할 부분만 추려내며 읽어.

내가 사랑하는 박웅현, 이지성, 김병완, 안철수, 박경철, 정호승, 최재

천, 이승욱, 법륜스님의 책은 자잘 자잘한 행간을 씹어가면서 정독하
는 편이고.
과학이나 예술관련 책은 좀 더 깊숙이 알고 싶은 부분을 체크해두고
관련분야를 나중에 더 찾아서 읽는 편이야.

책 한권을 손에 들었을 때 빳빳한 겉표지를 넘기면 그 책의 목차가 나
오잖아.
목차를 보면 책의 저자와 진지하게 만나기 전 작가가 '어떠한 부분을
중요하게 생각하는지', '어떤 맥락으로 이야기가 진행 될지' 대해 조
금이나마 추측할 수 있어.
목차를 넘겨 '들어가며' 를 읽으면 여행길에 막 오른 여행자의 마음으
로 본격적인 여행이 시작돼.
나와 작가가 조곤조곤 속삭이며 떠나는 둘만의 여행.
그렇게 온 마음으로 읽다보면 소름도 돋고 눈물도 나고 참회도 하고
설계도 하게 되고..
오만가지 감정을 느끼게 되잖아.
처음에 한 장 펴기는 힘들지만 한 장 한 장 조금씩 읽어 내려가다 보면
어느새 두껍던 책 한권을 다 읽은 성취감을 맛볼 수 있는 독서처럼 육

아도 매한가지더라고.

'엄마' 라는 자리를 부여받고(책) 내 자식을 찬찬히 보다 보니 (목차)

감동과, 눈물과, 반성과, 다짐과... 내가 그 자리에서 수많은 감정을 느

끼고 있더라고.

파도의 움직임에 따라 몸을 맡겨 중심을 잡아야 하는 서핑처럼,

육아는 아이의 컨디션, 내 컨디션, 때마다의 상황과 분위기에 적절하

게 몸을 맡기며 중심을 잡는 시간이야.

파도에 한번 휩쓸려 물 잔뜩 먹고 넘어지더라도 다시 일어나 서핑보드

에 몸을 올려 또 한 번의 파도타기를 준비하는 마음으로.

실수해도 일어나 다시 엄마라는 자리로 돌아오고, 반성하는 마음으로

다시 아이를 보듬으면서 그렇게 천천히 익혀나가야 했던 시간.

뭐든 게 처음이라 두렵던 시간이 지나면 우리에게는 인내의 내공과,

용기가 생겨나.

그래서 이 육아의 초창기를 건강하고 지혜롭게 보낸 엄마들은 그 내공

과 용기에 힘입어 높은 파도가 와도 더 이상 두렵게 느끼지 않아.

내 아이를 전체적으로 바라 볼 수 있는 '통독' 의 마음가짐.

내 아이만이 가진 행간의 의미를 생각하고 고민하는 마음가짐.

나와 내 아이를 객관적으로 관찰하고 노력하는 '정독'의 자세가 적절하게 뒤범벅된 파도타기가 바로 '육아'야.

지금까지 그래왔듯이 여전히 난 책 읽는 마음으로 내 아이들을 대하려고 해.

좋은 건 함께,

그리고 좋은 걸 함께 해줘서 고마워.

2017년 11월

저자 최지은